A. UMUR

CW01512772

COLLECTION FOLIO

Georges Duhamel

de l'Académie française

CHRONIQUE DES PASQUIER

II

Le jardin des bêtes sauvages

Mercure de France

C'était vraiment un homme du dix-neuvième siècle, de ce siècle qui n'a pas voulu douter du savoir souverain, de ce siècle qui a fait la sourde oreille aux avertissements de Schopenhauer et s'est plu tenacement à confondre science et sagesse. »

LAURENT PASQUIER
(Le Notaire du Havre.)

CHAPITRE PREMIER

REMARQUES SUR CERTAINS ANIMAUX MARINS. APPROCHE
DU RENOUVEAU. JUSTIN WEILL OU LA VERTU JUIVE.
PROPOS SUR LA RÉDEMPTION DU MONDE ET LA PURETÉ
DES MŒURS. PREMIÈRES CLARTÉS SUR L'AVENIR DE
LA SCIENCE.

Exilés du sable natal, captifs dans quelque aqua-
rium de verre, au fond d'un laboratoire, les convo-
luta, petits animaux du littoral, continuent, par
l'effet d'un avertissement secret, d'obéir au rythme
des marées, de descendre à l'heure du flot, de monter
quand le jusant découvre les côtes lointaines.

Les mouvements de cette humble nostalgie m'ont
rappelé souvent le sort des enfants parisiens qui ne
savent presque rien de la marche des saisons, mais
la pressentent, mais l'imaginent à l'odeur des averses,
à la couleur des nuées, à la flèche de lumière qui,
chaque jour, descend plus bas dans le recoin de la
cour, au verdoiement d'une feuille d'herbe solitaire,
jaillie toute droite entre deux dalles de granit, à
la fuite des rayons dans le maquis des cheminées,
aux muets élans de la plante domestique dont toutes
les feuilles se tournent avec adoration vers la fenêtre.

L'adolescent que j'étais, au début de ma quinzième année, ne se jugeait pas, que je le dise, trop
cruellement retranché de la nature.

Nous avions passé les vacances de Pâques à Paris,

pour des raisons qu'on ne tardera pas à comprendre ; mais je possédais, par échappées, le Jardin des Plantes, ses plates-bandes pavoisées d'étiquettes, ses teigneuses pelouses d'hiver, ses pavillons délabrés au front desquels tremble le lierre, et, par bouffées suffocantes, les serres chaudes à l'odeur de bain public. Je voyais même, par-dessus les grilles et les pavillons boiteux, les platanes de la Halle aux vins. Pourtant, mon témoin familier du sol et de la vie végétale, c'est ailleurs que je l'avais élu. Je passais, quatre fois par jour, rue Clovis, au pied d'une grosse butte de terre enclavée dans les masures comme un nœud de forêt sauvage : une pente noire, couverte d'arbres et de buissons, une vraie colline prisonnière qui s'épaulait à l'est sur un pesant débris de l'enceinte construite par Philippe Auguste et qui, partie du trottoir, s'enlevait roidement vers le ciel. — La muraille de Philippe Auguste se voit encore aujourd'hui, ruine épaisse et sans beauté ; quant au bouquet de forêt sauvage, il a capitulé devant des bâtisses dévorantes. Que sa senteur fugitive, que sa bouffée de verdure, que son refuge de rêverie reçoivent, pour la dernière fois, mon salut reconnaissant.

C'est là que j'épiais le printemps, là que, quatre fois la journée, je lui dédiais au passage un hymne de muette allégresse.

Dès qu'elle a croisé la rue Descartes, à l'enseigne philosophique, la rue Clovis, au nom guerrier, s'engage dans la descente. Elle part bien, elle mériterait une longue carrière ; mais, après le premier virage, Clovis, inexplicablement, cède le pas au cardinal Lemoine. En deux bonds, ce prélat conduit le passant jusqu'au fond du val de Seine.

L'altitude est un bien. J'entends ce mot au sens paysan : c'est une possession, une propriété. C'est de la force en réserve, une richesse que l'homme prudent ne dilapide pas à la légère. Parvenu sur le trottoir de l'École polytechnique, j'hésitais toujours une seconde avant d'abandonner ma petite fortune d'altitude, avant de choir à la pauvreté des plaines. Cet arrêt bien marqué, je consultais de l'œil Justin Weill et disais ou, parfois, pensais seulement : « On y va ? »

L'infime question posée, Justin ne répondait pas toujours. L'économie de sa vie ne ressemblait guère à la mienne. Il était encore tout chaud du lycée et de nos querelles. Ses oreilles épanouies, mobiles, détachées du crâne, ses oreilles allumées par une dernière bouffée de colère, interrogeaient le vent, comme font celles des chevaux. Ses larges yeux, visités de lueurs intelligentes, s'élargissaient encore pour suivre le vol d'une idée, l'explosion d'une image, la course d'un mot. Ses narines commençaient de battre avec force.

Ce jour-là, comme je restais sur un pied, Justin Weill répondit quand même, d'un air préoccupé : « Oui, descendons. » Et, tout de suite, il se prit à rire. Il écartait déjà ses lèvres toutes luisantes d'éloquence.

— Cette fois, dis-je, c'est enfin le printemps. Des feuilles ! de vraies feuilles !

Nous passions devant mon asile de forêt sauvage. Une odeur de végétation en ruisselait, comme d'une source fluette, jusque sur la chaussée. Je respirais ce message avec dévotion. L'hiver de 1894-95 avait été exceptionnellement maussade et pénible. Les gens de ma sorte, exaspérés d'une si longue attente, insultaient depuis des semaines aux lenteurs du ciel.

Comme s'il eût voulu mettre un terme à mes effusions, Justin fit entendre un « oui » bref et indifférent. Et, tout de suite, jugeant sans doute qu'il m'avait suffisamment fait écho, mon compagnon revint à sa querelle, à sa rougeur, à son tourment :

— Que disait Lyon-Després au censeur ? Réponds, Laurent. Que disait-il, pendant la fin du dessin ?

— Oh ! répondis-je, l'épaule vague, si tu crois que j'écoute les sottises de Lyon-Després.

Justin s'arrêta net avec un trépignement puéril. Nous venions de nous engager sur la pente du cardinal Lemoine. J'étais en avance d'un pas ou deux. Je me retournai vers mon camarade et le regardai tout à mon aise. Il était de petite stature. Il avait, comme moi, plus de quatorze ans, mais il paraissait beaucoup plus jeune. Il portait encore des culottes courtes, une vareuse croisée, une casquette d'uniforme. Il tenait son cartable à deux mains, contre ses reins, de façon désinvolte et enfantine. La voix était en pleine mue, avec, de temps en temps, des sonorités ronflantes dont Justin profitait pour tirer quelque effet théâtral, car il admirait et imitait à la perfection plusieurs comédiens illustres. Sous une tignasse flambante, le visage au teint transparent brillait d'intelligence et de passion.

Pour moi, un peu plus grand que Justin, sans être de taille élevée, j'avais l'air d'un jeune homme et j'usais les pantalons de mon frère Ferdinand. J'avais la voix grave, déjà formée, un parler plus circonspect et, d'ailleurs, les idées moins promptes.

Justin me poussa, du doigt, contre le mur de l'École polytechnique.

— Ce que Lyon-Després a dit, eh bien, moi, je le sais : moi qui n'étais pas, comme toi, tout près de lui. J'ai deviné, deviné! Il a dit : « Regardez-moi donc ce sale juif! »

— Eh bien, tu n'y es pas, répondis-je en riant, Lyon-Després a dit...

Justin trépignait de rage.

— Sale juif... Sale juif... Oh! rien qu'à leur façon d'avancer les lèvres, rien qu'à leur façon de sourire, je comprends qu'ils parlent des juifs, je devine qu'ils parlent de moi. Mais Lyon-Després, Laurent! C'est monstrueux!

— Justin, tu m'agaces. Lyon-Després a dit au censeur, en te désignant du menton, il a dit exactement : « Extraordinaire, le petit juif! Il est extraordinaire! »

Justin devint soudain tout pâle. Il hocha doucement la tête et se reprit à marcher.

— Tu sais, fit-il, que Lyon-Després est juif. Un juif pur, mais un juif honteux. L'espèce que j'abomine. Il est Després par sa femme. Je te demande un peu! Non, mais comment appeler une lâcheté de cette espèce? Alors, pour faire oublier sa mauvaise juiverie, il parle de moi, Justin Weill, en souriant. Il dit : « Le petit juif... » Car il est quand même fier de moi, le lâche. Petit juif! Laurent, que je vive seulement, et c'est un grand juif que je deviendrai, un véritable grand juif.

Pour rejeter sa casquette en arrière, il lâcha des deux mains son cartable qui tomba sur le trottoir avec une détonation.

— Rappelle-toi ce que je te dis, reprit-il d'un accent légèrement dramatique. Un grand! Un grand! Ou rien.

Nous arrivions au carrefour de la rue Monge. A quel point le Paris de ce temps-là pouvait être ample, spacieux, libre, voilà ce que ne comprendront jamais les enfants d'un siècle encombré, d'un siècle où toute place est encore trop chiche pour les ébats de la vitesse. Je le répète, même en ses parties les moins pompeuses, Paris offrait alors au promeneur, au passant, des voies et des carrefours que les masses en mouvement n'arrivaient pas souvent à rendre inaccessibles.

— On prend la rue des Boulangers? fis-je, pour ramener Justin aux soins de l'itinéraire.

Il respira fortement en secouant la tête de manière à me faire entendre que la rue des Boulangers lui semblait une rue bien médiocre pour un futur grand juif :

— Non, dit-il, faisons un détour. Viens, nous avons le temps.

Il se prit à sourire avec une grâce inquiète et poursuivit, la voix soudain chancelante :

— « Il est extraordinaire... » Extraordinaire! Toi, Laurent, qui es mon ami, trouves-tu vraiment que je sois extraordinaire?

Je nourrissais, pour Justin, une admiration fougueuse, intempérante certains jours, et le plus souvent récompensée, car Justin, âme exaltée, m'en vouait une semblable, encore que plus loquace.

— Oh! dis-je avec une ferme conviction, qui pourrait-on te comparer? Cherche dans tout le grand lycée.

— Si, Laurent, répondit Justin avec une courtoisie parfaite. Si, toi, Laurent.

Il ajouta, dans un sourire : « Mais toi, tu n'es pas juif. »

Je cherchais encore la formule susceptible d'exprimer mon regret sincère de n'être pas juif, quand Justin reprit avec flamme :

— Vous autres, chrétiens, vous ne pouvez pas mesurer votre misère. Vous êtes des gens sans espoir. Si, Laurent, comprends bien : pour vous, le messie est venu. C'est fini, à tout jamais fini, car il ne viendra pas deux fois. Mais pour nous, Laurent, quel rêve! Quel avenir! Je me demande si tu peux comprendre ce que je veux dire. Attendre le messie, c'est quelque chose, Laurent, c'est magnifique. Mais le plus beau, le plus étonnant...

Il écrasa d'un coup de poing sa casquette sur son front qui était large, blanc, bellement sculpté, puis il se mit à cligner de l'œil :

— Le plus beau, c'est de se dire que le messie...

Il attendait, riant à des vols d'anges, la bouche si pleine de salive qu'il en laissa partir une goutte au fil du vent. Et, soudain, avec une indicible gravité :

— Le messie, c'est peut-être moi.

Je me sentis parcouru par un frisson d'enthousiasme.

— Le messie!

— Oui, reprit-il majestueusement. Puisqu'il n'est pas encore venu et puisqu'il doit venir, il n'y a aucune opposition à ce que moi, Justin Weill, fils de Simon Weill...

Il se caressait rêveusement le menton.

— Oh! je sais bien, poursuivit-il plus bas, tous les petits juifs de mon espèce ont, au moins, un matin de leur adolescence... S'ils n'y ont pas pensé, c'est que ce sont des traîtres ou des pauvres d'esprit. Un matin! C'est surtout le matin que cette idée me tourmente. Seulement, pour moi, ce n'est pas simple.

Justin Weill fit quelques pas en silence et, soudain, me considérant d'un œil tragique :

— Est-ce que tu es pur, toi?

Comme j'hésitais à répondre, non que je fisse

erreur sur le sens de la question, mais par pudeur, il affermit sa voix :

— C'est grave, Laurent. Comprends-moi bien : est-ce que tu es pur ?

— Non, répondis-je dans un souffle.

Justin s'exclama furieusement :

— Eh bien, moi non plus ! C'est incroyable : moi non plus.

Nous fîmes encore quelques pas et Justin répétait, l'air soucieux : « Moi non plus. »

Comme je ne disais rien et qu'il avait encore le cœur plein, il ajouta :

— Ce n'est pas tant l'histoire de regarder les femmes. Chez nous autres, on peut être sauvé malgré les femmes. Un rabbin peut avoir une femme. Un prophète même peut avoir une femme. Non ! C'est une chose... une chose qui n'est pas possible pour un messie, enfin qui ne me semble pas possible. Le messie ! voyons ! le messie...

Il se tut et rougit bravement.

Le silence dura plusieurs minutes, ce qui, pour nous, en ce temps-là, semblait une éternité. Comme Justin se taisait toujours, je soufflai, l'air résolu :

— Ça m'est égal de ne pas être pur.

— Pourquoi ? fit Justin en me lançant un regard en même temps naïf et interrogateur.

Je hochai les épaules. Pouvais-je, même à Justin, expliquer comment j'avais, non sans désespoir, pris mon parti de n'être pas pur, à la condition, toutefois, qu'il y eût des êtres purs dans le monde ? Et, de cela, je ne pouvais douter, car il me suffisait de jeter les yeux autour de moi pour être pleinement rassuré.

Comme s'il eût suivi les détours de ma pensée, Justin dit encore :

— Des âmes pures, tu en connais ?

Je fis un imperceptible signe de tête auquel Justin Weill répondit par un adverbe :

— Effectivement.

Puis avec une courtoisie bien-disante et qui sentait un peu la scène, il ajouta :

— Peut-être t'ai-je blessé, Pasquier, toi qui es chrétien ?

— Non, tu ne m'as pas blessé.

— Crois-moi, reprit-il avec l'air de me donner un conseil précieux, crois-moi : pour quelqu'un qui se propose de faire des choses considérables, il vaut mieux se dire — c'est mon oncle Jacob qui parle comme ça —, il vaut mieux se dire que le monde n'est pas racheté, enfin, pas encore racheté.

— Mon père, m'écriai-je avec cette flamme qui m'animait toujours quand je confessais les principes du clan, mon père affirme que le monde sera racheté — il ne dit pas racheté, mon père, il ne dit même pas sauvé, il dit perfectionné, mais au fond c'est la même chose —, eh bien, il explique très bien que le monde sera racheté — si tu aimes mieux — par la science.

Depuis quelques minutes, Justin, sautelant sur un pied, poussait devant lui, le long du trottoir, comme au jeu de la marelle, un petit éclat de pierre plate.

— Attends! cria-t-il en retombant sur ses dix orteils. Attends! La science, oui! C'est une tout autre affaire. Ton père, en un sens, a parfaitement raison. Ça dépend du point de vue. La science, Laurent. Tu sais que personne plus que moi ne respecte la science et le progrès...

Il affermit sa casquette, remonta son cartable d'un coup de reins et leva l'index vers le ciel. Jusqu'à la rue Guy-de-la-Brosse, nous devisâmes de la science.

CHAPITRE II

PRÉSENTATION DE VALDEMAR HENNINGSEN. INQUIÉ-
TUDE ET TROUBLE DE JUSTIN. BEAUTÉ DE MA SŒUR
MUSICIENNE. CARACTÈRES PARTICULIERS DU RONDO
EN LA MINEUR. GÉNÉROSITÉ DE MOZART. COLÈRE DE
CÉCILE. PHILOSOPHIE MATERNELLE.

La rue Guy-de-la-Brosse, qui est encore un lieu fort
calme, était alors un vase de pur silence provincial.
Le soleil du soir venait toucher obliquement le front
de notre maison et, comme à la prière de cette lueur
mélancolique, un chant de piano s'exhalait d'une
fenêtre entrouverte dans les hauteurs. Un chant plus
délié qu'une vapeur d'encensoir et, comme elle aussi,
fuyant, effarouché.

— Monte un instant, dis-je à Justin Weill. Cécile
est au travail. Nous l'écouterons sans la déranger.
C'est le fameux rondo, tu sais bien : celui que je
fredonne tout le temps, même en classe, depuis huit
jours.

Le visage de Justin devint, soudain, rose.

— Non, dit-il, non. Je ne voudrais déranger personne.

Je le saisis par le bras en riant. Il résistait pour la
forme et, tout de suite, céda.

— Un instant, rien qu'une minute, soupira-t-il,
pour entendre ton fameux rondo.

Nous étions déjà dans l'escalier. Nous montions

17

en heurtant le fond des marches, à la manière des enfants.

— Chut! dit Justin. Montons plus doucement. Je ne veux pas gêner ta sœur. Je ne veux même pas qu'elle sache que je suis avec toi. La musique, c'est sacré.

— Sûrement, fis-je en m'arrêtant sur un degré, Cécile n'est pas seule.

— Comment le sais-tu?

— Je le reconnais à son jeu. Tant mieux, tu feras la connaissance de Valdo.

L'escalier était sombre, mais non à ce point qu'il me fût impossible d'apercevoir les traits de mon ami. Ces traits venaient soudainement de se rembrunir. Il hésita, s'arrêta, redescendit deux ou trois marches.

— Écoute, Laurent, je reviendrai une autre fois.

— Es-tu fou? Ta soirée est libre : tu me l'as dit en sortant du lycée.

Justin hésitait, une grimace boudeuse aux lèvres.

— Non, pas ce soir.

Mais il ne se résolvait point à la retraite et reprit, l'accent incisif :

— Quel est donc ce Valdo dont tu parles à tout propos?

— Je vais te le présenter à l'instant, ou, plutôt, je vais te présenter à lui.

— Pourquoi cette nuance? gronda Justin, rétif.

— L'âge, monsieur, l'âge! Valdo est notre aîné de cinq ou six ans. Valdemar Henningsen, seigneur danois, qui ne connaît pas dix mots de danois. A part cela, parle convenablement quatre ou cinq langues européennes. A vécu partout, sauf au Danemark. Mère de nationalité indéfinissable, peut-être tout simplement française. Père Viking — *dixit* Valdemar — et d'ailleurs décédé, enfin, sorti du champ visuel. Vingt ans — c'est de Valdo que je parle — compositeur de musique. Homme extraordinaire. Présentement notre voisin. Habite avec sa mère un cinquième étage aménagé comme un atelier d'artiste. Professeur bénévole, surnuméraire, exceptionnel de ma sœur Cécile. Initiateur musical, monsieur, de votre serviteur, Laurent Pasquier. Oh! je ne suis pas un ingrat. Valdemar est un garçon prodigieux.

Justin se mordait avec force la lèvre inférieure qu'il avait charnue et gonflée de sang. Il empoigna la rampe et fut saisi d'un frémissement dans lequel se mêlaient un trouble sincère et une certaine exagération comédienne. Je le connaissais bien et compris qu'il souffrait à sa façon : tout éloge d'autrui le soulevait d'une fureur jalouse qui demeurait d'ailleurs, à mon regard amical, une noble jalousie.

— Eh bien, gronda-t-il, va le rejoindre, ton Valdo! Grand bien vous fasse! Adieu, Laurent.

— Justin, fis-je en l'empoignant par le bras et en le secouant avec vivacité, Justin, tu n'es plus un enfant. Tu vas me faire le plaisir de monter saluer Cécile et, si Valdemar est là, tu te conduiras comme un gentilhomme.

Justin fourra dans sa poche, d'un geste tragicomique, sa casquette de collégien et dit, l'air faussement accablé :

— C'est bien. J'obéis.

Nous déposâmes nos cartons et nos livres dans le petit vestibule obscur où brûlait nuit et jour une lampe Pigeon. De la salle à manger, venaient en même temps une rumeur de conversation et la voix, maintenant toute proche, du vieux piano.

— Dans ta chambre! murmura Justin Weill en me tirant avec énergie par ma veste. Dans ta chambre! Nous entendrons tout aussi bien et nous ne gênerons personne.

Je haussai les épaules et passai dans notre chambre. Elle était encombrée de deux lits. Dans l'un, le plus grand, je couchais d'ordinaire avec mon frère Ferdinand. Joseph couchait dans l'autre ; mais, depuis le départ de Joseph au régiment, je dormais seul, avec délice, dans le petit lit de l'absent.

Ma chambre s'ouvrait directement dans la pièce qui servait de salle à manger, qui logeait alors le piano et dans laquelle on dépliait, le soir, un lit pour ma sœur Cécile. Marchant avec une prudence exagérée sur la pointe de l'orteil, Justin vint s'asseoir près de la porte et légèrement en retrait. Si peu de bruit que nous ayons fait, l'oreille de la musicienne en fut quand même frappée.

— C'est toi, Laurent ? cria-t-elle soudain, tout geste suspendu. C'est toi ? Tu n'es pas seul ?

— Non, répondis-je. Nous sommes montés tous deux, Justin et moi, pour écouter mon rondo. Cécile, tu sais que ce rondo est mon rondo ?

Cécile s'était retournée à demi. Elle fit, de la tête, un signe vif et gracieux.

— C'est Justin Weill! cria-t-elle. Oh! restez, restez, Justin. Mais tant pis! car je ne suis pas contente de moi. N'écoutez pas, Justin. Ça ne vaut absolument rien.

— Permettez, dis-je en faisant un pas dans la pièce. Il faut maintenant que je présente à Valdo mon ami Weill. Justin, voici Valdemar Henningsen.

Justin fit un pas, le visage empourpré. Lui, si parfaitement à l'aise en toute circonstance, lui si fier et si vindicatif, il avait soudain l'air humble et embarrassé, honteux de ses culottes courtes, de sa petite stature, de son grand nez aux ailes remuantes, de ses cheveux rouges. Ses oreilles trop larges et trop écartées s'étaient éclairées d'incarnat. Il serra la main de Valdemar avec un geste qui manquait de chaleur et de simplicité.

— Vous aimez la musique ? demanda Valdemar.

Justin se redressa.

— Passionnément, bredouilla-t-il.

Et, comme s'il eût senti la vanité du mot, il reprit, d'une voix maîtrisée :

— Beaucoup. Je veux dire beaucoup.

— Tant mieux, dit Valdemar avec flegme.

Et tout de suite il revint à la petite musicienne.

— Vous allez, dit-il, reprendre tout cela dès le début. Je ne vous arrêterai pas. Je ne vous dirai rien. Nous parlerons quand vous aurez fini. Allez, Cécile, et ne me faites pas souffrir, je vous en prie.

Cécile, toute droite, attendit une grande minute, comme si, d'instinct, elle eût senti le besoin d'une pause préalable, d'une belle marge de silence. Je la contemplais avec plaisir, avec admiration.

L'extraordinaire beauté, je devrais même dire la

dramatique beauté de ma sœur Suzanne a, dans la suite des saisons, fait oublier celle de Cécile en son jeune temps. La beauté de Suzanne était — est encore, sans doute — pure, je veux dire sans mélange. L'émotion qu'elle faisait naître, pour complexe qu'elle fût, avait son principe souverain dans l'enchantement du regard. Mais la grâce de Cécile, elle est, dans mon souvenir, toute vibrante et, plus justement, je peux dire tout embaumée de musique. Cécile ressemblait à l'un des anges de Van Eyck, à celui dont on entrevoit le profil, à demi caché par les autres femmes séraphiques, au dernier rang des chanteurs célestes. L'œil éclairé d'un large blanc nourri d'azur ; le front bien construit, découvert ; des bandeaux sombres, ce qui nous éloigne un peu du peintre flamand, des bandeaux finalement résolus en deux tresses vigoureuses ; un nez droit, un peu hautain ; une bouche d'un dessin puéril, avec sa lèvre supérieure courte, une bouche, pourtant, toujours prête à se refermer sur quelque pensée secrète ; un col animé du plus gracieux élan. Est-ce là Cécile, toute Cécile ? Oh ! que non pas ! Ce que je ne saurais peindre, c'est la fierté de cette petite fille, son port de jeune Diane. Au point où je prends ce récit, ma sœur Cécile avait un peu plus de douze ans. Elle avait grandi très vite. Sa jupe trop courte dégageait des jambes nerveuses, élégantes. Elle se tenait toujours très droite, elle semblait toujours sur le point de relever un défi. Dans ce visage d'enfant, brûlait un regard attestant la maturité, l'autorité. Je la contemplais avec une tendresse ardente et je pensais, de minute en minute : « C'est une petite fille peut-être ; mais c'est la plus belle des femmes, et c'est une grande artiste, et c'est ma sœur. »

Elle commença de jouer. C'était un rondo de Mozart, le rondo en *la* mineur, un « six-huit » assez lent, hésitant, presque indolent d'abord, avec de flexueuses flammes d'agilité, un rondo qu'on trouve, isolé, dans les recueils de pièces diverses. Après plus de trente-cinq années, que ce chant vagabond vienne à me traverser l'esprit, telle une pensée souffrante qui s'évertue vers l'azur, et me voilà tremblant d'amour, comme aux jours de mon enfance.

Cécile donc se prit à jouer. Elle était devenue une virtuose extraordinaire, un monstre délicieux. Je dirai sans doute plus loin comment les choses et les hommes s'étaient concertés en vue de ce miracle. Puisque je suis au rondo, qu'au moins je l'entende encore, tout entier, une fois encore, dans le recueillement du souvenir.

Valdemar était resté bien sage pendant la première partie du morceau et, comme il ne nous regardait guère, nous pouvions le considérer tout à notre aise. Il était grand, très frêle, corps et visage de haute finesse, avec, bizarrement greffés sur des jointures légères, de grands pieds, des mains osseuses, qu'on ne comprenait pas tout de suite, dont il semblait d'ailleurs un peu embarrassé, un peu irrité, comme de présents importuns venus d'un parent maladroit. Le visage, encadré d'une barbe vaporeuse, telle en portaient les jeunes gens de ce temps-là, eût été fort agréable aux yeux s'il fût resté plus serein ; mais Valdemar accompagnait toutes ses pensées de grimaces expressives et parfaitement involontaires. Il avait de magnifiques cheveux blonds et bouclés. Son vêtement, de grosse laine claire, montrait une élégance exotique assez remarquable dans une société comme la nôtre. Que je mentionne encore une cravate bleue à pois blancs qui tenait à la fois de l'artiste et de l'écolier. Il demeurait assis, dans une pose en même temps abandonnée et tendue : le genou fléchi dans ses doigts entrecroisés que la pression marbrait de blanc et de rouge. Il suivait le chant du piano avec une attention de toutes les fibres. Parfois, il laissait aller un peu la tête, puis la redressait et la secouait d'un geste furieux.

Ce rondo en *la* mineur se prête à de grandes libertés de mouvement. Valdemar ne marquait pas un rythme rigoureux, ainsi que font maintes âmes simples, facilement asservies aux forces élémentaires. Par une pression secrète, il semblait plutôt guider, escorter dans son essor la jeune voyageuse des sphères.

A l'instant où paraît la tonalité majeure, Valdemar se prit à marcher dans l'étroite pièce. Comme le vieux plancher gémissait un peu, le jeune homme aussitôt s'arrêta ; tous les muscles de son corps et de son visage étaient en action ; ils exprimaient tour à tour l'angoisse, le dépit ou la béatitude.

Les dernières notes envolées, le jeune homme enfonça les mains dans ses poches et commença de tourner autour de la table. Il ne regardait plus Cécile, il n'avait pas même l'air de percevoir notre présence. Il nous donnait le spectacle, qui ne m'était pas encore familier, de ces êtres dont la musique est, en même temps, la nourriture et le poison. Il commença de parler. Il s'adressait non pas à nous, mais au concile des âmes présentes et futures.

— Vous avez entendu ? Un esprit créateur ne peut pas faire plus généreux présent aux autres hommes. Comprenez : il nous donne tout ! Il nous permet de croire que cette page que nous jouons, nous l'inventons en la jouant, et même que nous l'inventons en l'écoutant. Pas de plus grande charité. Qu'il est bon ! Comme il est libéral ! Je joue, et j'ai l'air d'improviser ce que je joue, de trouver les notes, une à une, les accents, les détours, les traits. Il me donne tout : l'œuvre et le secret de l'œuvre. Il consent, pour une minute, que son œuvre soit la mienne, que moi, Henningsen, je puisse m'en emparer comme de ma propre pensée, en faire ma propre pensée. Quelle magnificence. Ils ne sont pas nombreux les héros qui ont de ces prodigalités. Ils gardent leur génie pour eux, jalousement. Ils nous y convient comme des pauvres à la table de Crésus. Lui, le Mozart, il nous prête son génie pour dix minutes, il nous prête son beau joujou d'enfant riche... Cécile, il me semble que vous avez inventé quelques mesures, par-ci, par-là. Et pourtant, c'est impossible. C'est peut-être moi qui ai inventé quelque chose avec mon oreille, avec mon cœur.

Le jeune homme se laissa choir sur une chaise et, délicatement, de ses grandes phalanges noueuses, il se mit à caresser les mains de Cécile. Il riait, maintenant : il avait l'air heureux, comblé.

— Cécile, mon enfant ! C'est bien ! Vous avez joué toute la page avec une parfaite candeur, une parfaite innocence. Écoutez, Cécile, comment finissez-vous ce trait ?

Il avait poussé sa chaise devant le piano et s'efforçait de reprendre le trait. Il avait les doigts non pas inhabiles, mais lourds et, pour dire juste, insoumis. A deux ou trois reprises, il retraça le dessin mélodique avec fièvre, avec rudesse. Il finit par hausser les épaules, se leva de nouveau, vint vers nous. Il montrait un sourire amer.

— C'est injuste! fit-il, haussant les épaules. C'est injuste et même ridicule. La musique est une duperie, une tombola. Je suis Henningsen! Un homme! J'ai vécu, j'ai souffert. J'ai voyagé. J'ai vu des gens mourir. Tout, tout! Je suis un artiste, moi! Cette page-là, je la comprends mieux que personne au monde. Ne riez pas! Mieux que Mozart, mieux que Dieu! Et je suis un pianiste misérable. Si je la joue, cette maudite page, si j'essaie de la jouer autrement qu'avec mon cœur, j'ai l'air d'un écolier qui ne sait pas même ce qu'il lit. Mais, écoutez la petite fille! Écoutez la petite fée! Elle a l'air de tout comprendre. Elle n'a qu'à remuer les doigts et elle a l'air d'avoir une âme. Et pourtant, c'est un bébé qui ne comprend rien encore. Injustice! Injustice!

Il s'adressa soudain à moi, comme s'il eût aperçu ma personne véritable et non plus mon fantôme. Il répétait comiquement :

— Que dis-tu, Laurent, d'une telle injustice?

Je n'eus pas le temps de répondre. Cécile venait de se lever, toute droite, toute pâle et les sourcils en bataille.

— Je comprends tout cela mieux que vous, cria-t-elle. Vous êtes un orgueilleux et un fou. Je vous déteste! Je vous déteste!

Elle se couvrit le visage de ses mains, se prit à sangloter, puis s'enfuit dans la chambre de nos parents et nous entendîmes, au bruit des clefs, qu'elle s'y enfermait.

Valdemar s'était jeté contre la porte. Plié en deux, il parlait devant le trou de la serrure :

— Cécile, soufflait-il, je me repens, je m'accuse. Je suis un sale orgueilleux. Cécile, c'était pour rire.

Il donna, de la paume, deux ou trois coups sur la porte, puis il vint vers nous, secouant la tête. Il ne pouvait contenir un étrange accent quasi germanique.

— Je lui ferai des excuses. C'est une fée. C'est une personne magique. Vous partez? Mais pourquoi? Dans un quart d'heure, elle sera guérie et elle recommencera de jouer, je vous assure. Je la connais comme une mère connaît son enfant.

Justin s'était levé, le visage pourpre, l'œil sombre. Il bredouilla quelques paroles d'adieu, puis se tournant vers moi d'un air suppliant :

— Viens m'accompagner un peu, Laurent.

J'acquiesçai de la tête. Comme nous traversions le petit vestibule, maman entra. Elle avait, par grande gâterie, pris sur ses bras notre petite sœur Suzanne pour monter le long escalier, en sorte qu'elle était essoufflée. Elle posa l'enfant, se retint de respirer une seconde, comme pour écouter le cœur de la maison et dit :

— Qu'est-ce qu'il y a encore?

— Oh! fis-je en haussant les épaules, rien, absolument rien. Valdo s'est disputé avec Cécile, une fois de plus. Ils vont se raccommoder, le temps que j'accompagne Justin.

Maman secouait la tête de gauche à droite, les yeux au plafond.

— Oh! murmura-t-elle. Cette musique! Cette musique! Comme si on n'avait pas assez de soucis sans la musique!

CHAPITRE III

A peine dans la rue, Justin fit explosion :

— Il ne me plaît pas, cria-t-il. Pas du tout.

— Oh! m'écriai-je, pour l'exciter un peu, car je
l'aimais dans l'enthousiasme ou le courroux, c'est
pourtant le plus beau de tous les rondos de Mozart.

— Il ne s'agit pas du rondo, fit Justin Weill avec
dépit. Le rondo, n'en parlons pas : il est admirable.

— N'en parlons pas? Et pourquoi donc? Parlons-
en.

Justin sortit de sa poche sa casquette à galons d'or
dont la visière était toute craquelée. Il s'en coiffa d'un
geste furieux.

— Il est violent, grossier et, surtout, incorrect.
C'est un rastaquouère.

J'entendais le mot pour la première fois et demandai
en riant qu'il me fût répété.

— Rastaquouère! Je dis rastaquouère! Un chevalier d'industrie, un aventurier! Et voilà justement
l'homme dont tu tolères la présence auprès de ta
sœur! Tu m'étonnes, Laurent.

L'ombre s'exhalait maintenant du plus creux des
rues parisiennes. La gaule à l'épaule, un allumeur de
réverbères cheminait d'un pas pressé sur le bord du

26

trottoir, laissant derrière lui une traînée d'étoiles vacillantes. L'heure me parut lyrique et propice aux abandons.

— Oh! fis-je, tu ne peux pas savoir...

Je marquais l'arrêt, l'air pénétré, la bouche entrouverte. Justin fut admirable d'abnégation : il tendit ses larges oreilles, baissa la tête et m'écouta :

— Oh! repris-je avec flamme, tu ne peux pas même imaginer ce que représente, pour nous, l'entrée de ce garçon dans notre vie. Tu connais mon père. Tu l'as vu quelquefois. Sois bien sûr que c'est un homme extraordinaire...

— Extraordinaire! affirma Justin Weill en secouant la tête de haut en bas.

— Un homme, repris-je avec un élan soudain excessif, comme si j'allais entonner l'hymne de la famille, un homme qui a fait tous les métiers, tout tenté, tout essayé et qui s'est mis en tête d'apprendre le grec et le latin à l'âge où les autres hommes commencent à parler de retraite. Ce sont des choses, vois-tu? que je ne dirais pas à tout le monde. Non que j'en aie honte... mais ce sont nos affaires à nous. Papa! non! Imagine, Justin : « *rosa*, la rose », le supin, et le duel et l'aoriste, avec cinq enfants. En fait, à ce moment-là, nous n'étions que quatre, mais papa dit parfois sept, parce que nous devrions être sept, sept enfants.

— Moi, déclara Justin avec un large mouvement du bras, moi je trouve ça très beau.

— Le grec et le latin, c'est déjà de la vieille histoire. Maintenant, c'est la médecine, et il va réussir. Justin! Un an, deux ans peut-être et il aura son diplôme. Et nous sommes là, tous, fascinés, comme devant un acrobate qui fait du trapèze au cirque. Et maman nous répète : « Aimez votre père, mes enfants, c'est un homme courageux. »

Justin me tendit la main avec une juvénile emphase.

— Il y a de quoi être fier, Laurent!

— Oui, je sais, fis-je en me rengorgeant un peu. Il y a, sans doute, de quoi être fier. Mais... oh! comment t'expliquer tout?

Soulevé soudain par cette rage de confession qui tourmente certains hommes, tous les hommes peut-être, et qui me point encore alors que, mémorialiste à cheveux gris, j'écris ces lignes, je commençai, non sans retours, non sans réticences et allusions mystérieuses, je commençai d'expliquer notre famille, nos secrets, toutes les choses profondes et terribles du clan Pasquier. Certaines histoires m'étaient légères à dire ; mais quand j'en venais à notre pauvreté, aux insolubles embarras si particuliers à nous qu'ils étaient, dans mon cœur, les embarras Pasquier, la misère Pasquier, quand j'en venais à ces tourments ineffables, je me sentais saisi d'une honte toute semblable à l'orgueil.

— Cinq enfants, Justin ! Toi, tu es fils unique. Fils unique ! Je ne peux pas imaginer ce que ça représente, moi qui ai toujours eu une petite sœur à garder, à faire jouer. Cinq enfants ! Et encore, nous devrions être sept, je te l'ai dit. Il y a eu Marthe et Michel, qui sont morts. Il y a des années de cela, et maman parle d'eux presque tous les jours. Elle pense à eux tous les jours. De temps en temps, elle se trompe, elle m'appelle Michel. Et pourtant, il y a des années ! Avant d'habiter ici, nous étions rue Vandamme. J'aimais notre maison de là-bas, mais il a fallu la quitter, à cause d'une colère de papa. Les colères de papa sont terribles. Quand il commence, quand je sens qu'il va commencer, mon cœur s'arrête et j'ai tout de suite les mains froides, et pourtant nous y sommes habitués. Il me semble bien que, certaines fois, il se met en colère seulement pour s'amuser. Ce n'est pas sérieux. C'est quand même effroyable. Enfin, nous sommes venus rue Guy-de-la-Brosse. On a déménagé. Comme toujours, papa disparaît, à cause de son travail, et c'est maman qui s'occupe des meubles et de tout. Elle parle aux hommes, aux déménageurs, d'une façon si gentille : elle n'a jamais d'histoires. Il vaut mieux que papa ne soit pas là. J'aime ce quartier. Je t'expliquerai : ça sent les livres, l'étude, l'école. C'est un nouveau Paris, plus intelligent que l'ancien et pauvre, malgré tout. J'aime mieux ça : nous sommes pauvres et je ne me sens à l'aise que dans les quartiers où notre pauvreté est d'accord avec le reste. Oh ! que je puisse travailler ferme ! Cinq ans, six ans, et je serai sauvé, je serai un homme. J'ai eu la chance d'obtenir une bourse pour Henri IV. C'est maman qui s'est occupée de ça. Extraordinaire, Justin! Maman n'est pas très instruite... enfin, elle est instruite, bien sûr, mais pas comme nous. Elle ne sait rien du latin, par exemple. Eh bien, elle est extraordinairement intelligente. Elle comprend tout. Pas le latin, mais les choses qui arrivent, ce que font les gens, ce qu'ils disent et même ce qu'ils pensent. Papa ne peut pas s'occuper beaucoup de nous. Il lui faut gagner l'argent pour tout le monde et préparer ses examens en même temps. Et la Faculté, l'hôpital! Papa dit parfois lui-même que c'est un véritable tour de force. Papa est un homme très intéressant et, chose curieuse, il a très peu d'amis. Et maman n'a pas le temps de s'occuper des étrangers. Il y a deux ans encore, nous ne fréquentions personne, à part les demoiselles Segrédat. Je te dirai : des voisines, des personnes tout à fait bien. Mais Cécile — car c'est à propos de Cécile que je te raconte toute cette histoire — Cécile avait un professeur, depuis la rue Vandamme, une personne qui lui donnait des leçons. Tu comprends : pour le plaisir, car nous ne pouvions pas payer un vrai professeur qui prend de l'argent. Alors il lui est arrivé une chose étonnante. En quelques mois, sans qu'on puisse comprendre comment, Cécile est devenue beaucoup plus forte que son professeur. Et Mme Malezieux — c'est comme ça qu'elle s'appelait — elle avait l'air d'une poule qui a couvé un œuf de cygne. Alors, un jour que Cécile jouait, toute seule, on a frappé à la porte. Maman est allée ouvrir. Elle faisait une lessive — car elle ne veut laisser personne laver notre linge, elle a ses idées là-dessus — et elle avait un tablier bleu tout mouillé. Je t'affirme que, même petite comme elle est, elle avait l'air respectable, l'air d'une dame. Elle a ouvert la porte et Valdemar est entré. Il habitait la maison, il revenait de voyage, il avait entendu... Tu ne peux imaginer cette entrée de Valdemar. Tu dis un aventurier. Mais non, Justin. Un prince! Cinq minutes plus tard il était assis à côté de Cécile et il commençait de parler comme tu viens de l'entendre parler. Il a trouvé, pour le piano, pour la technique pure, comme il dit, un des amis de sa mère, un grand professeur, le célèbre M. Diétrich. En moins de deux ans, Valdemar et M. Diétrich ont fait de Cécile une véritable artiste. Valdemar est quelque chose comme le professeur... je ne sais pas dire... le professeur de pensée! C'est assez ça. Il donne à Cécile des conseils. Les grands conseils. Des devoirs aussi, bien sûr, l'harmonie et tout ce qu'il faut. Valdemar est là très souvent. Il reste parfois cinq minutes, parfois une demi-journée. Il dit qu'au mois d'octobre, Cécile pourra donner son premier concert public. Il dit que c'est son affaire à lui, Valdemar. Mais surtout, surtout, il nous a fait comprendre la musique, la vraie musique. Même quand il est injuste, même quand il me tape sur les nerfs, même quand il est exaspérant, je ne peux le regarder sans reconnaissance.

Justin baissa la tête d'un air lugubre.

— C'est bien, gronda-t-il. Mettons que je n'ai rien dit.

L'instant d'après, il retira sa casquette, s'essuya le front qu'il avait large et d'un blanc parfait et déclara :

— Ta sœur Cécile est assurément une personne tout à fait remarquable. Elle a peut-être du génie.

Comme nous passions sous un bec de gaz, je pus voir que le visage de Justin venait de s'empourprer.

Les parents de Justin Weill habitaient boulevard de l'Hôpital, en face de la Salpêtrière. Trois frères associés exploitaient ensemble une petite compagnie de fiacres. Outre leurs familles respectives, ils hébergeaient des vieilles tantes, des cousines étranges, venues d'Alsace ou de Pologne, et vivaient là dans une communauté bien close, où j'étais toutefois admis, à titre de visiteur amical.

Je quittai Justin vers la fin de la rue Geoffroy-Saint-Hilaire et revins précipitamment sur mes pas. Comme il m'arrivait souvent dans mes jeunes années, comme il m'arrive encore parfois, j'éprouvais un brusque et poignant besoin de retrouver la maison, de voir si le malheur ne voletait pas à l'entour, de m'assurer que tout était en ordre, en place.

Tout était en ordre, en place. Suzanne jouait dans

ma chambre, avec un de ces infimes jouets qui sont les seuls jouets chéris des petits enfants. Père et Ferdinand n'étaient pas encore de retour. Cécile travaillait avec application. De temps en temps, la voix de Valdemar retentissait, égale, sereine. Mère devait s'occuper des aliments, dans la cuisine. Elle me cria : « Laurent, surveille un peu ta petite sœur. »

Je me mis à mes devoirs : un thème latin, ce soir-là. Suzanne rampait entre mes jambes et chantonnait une douce petite chanson baveuse. Parfois, le piano de Cécile s'irritait, lançait quelques vagues écumantes. Je commençais à m'y faire : j'ai, presque toujours, depuis, travaillé dans le bruit, creusé mon silence à même le bruit.

Plus tard, dans la soirée, j'allai voir maman pour lui demander l'heure.

Elle était assise devant la table de la cuisine et ne travaillait pas. En m'apercevant, elle eut un sursaut nerveux et laissa tomber une pomme de terre qu'elle allait peler. Je la regardais comme on peut regarder l'être que l'on connaît le mieux au monde, c'est-à-dire avec une confiance voisine de l'inattention. Ma mère répétait tout bas : « Déjà huit heures! » Elle avait ramassé la pomme de terre et la pelait en hâte.

Et, tout à coup, j'eus le sentiment que le visage de ma mère était changé. Dans le mouvement des lèvres pour se serrer, dans les deux ou trois plis qui descendaient, à travers le front, vers la racine du nez, dans l'agitation des paupières, dans ce tremblement du menton que je connaissais bien et qui représentait à mes yeux l'indice même du trouble intérieur, dans le frémissement du col où passent et battent des organes si mystérieux, dans la conjugaison de tous ces signes, il me fallait bien distinguer quelque chose de nouveau, de très triste et de très angoissant. Non, ce n'étaient pas les fatigues et les douleurs quotidiennes. C'était une menace extraordinaire et incompréhensible.

Je compris tout cela soudain et je compris presque aussitôt une autre chose non moins surprenante. Ce grand changement n'était pas l'œuvre de la journée :

il était accompli, déjà, depuis des jours et des jours. Et je ne l'avais pas encore remarqué, pas encore admis. Je savais qu'il était là, ce changement ; mais, depuis des jours et des jours, j'avais refusé de le savoir, dans le fond de mon cœur.

Devinant que je la regardais, ma mère fit un sourire pénible et qui lui brouilla les traits.

— Huit heures! dit-elle en secouant la tête. Et Ferdinand qui n'en finit pas d'arriver.

CHAPITRE IV

Mon père disait, chaque matin :

— Je ne resterai pas un mois de plus dans cette baraque, il n'y a pas assez de soleil.

Tremblants de crainte, nous écoutions ces déclarations menaçantes. Le logis nous plaisait, nonobstant son exiguïté. Nous y avions moulé le petit monde Pasquier, âme et chair. Nous en avions adopté les murailles pour coquille. Trois années! Répit mirifique dans notre existence nomade. Ces trois années, mon père les avait consumées en des efforts d'esprit si rigoureux qu'ils semblaient appeler tous les muscles à la rescousse et qu'ils faisaient songer à l'effort élémentaire du laboureur et du bûcheron. Le démon de la fugue et de l'aventure avait, pendant ces trois années, fait trêve. L'homme fantasque, instable, s'était accroché provisoirement au roc pour mieux se rassembler sur un unique souci. Mais nous le sentions prêt à tendre l'aile, à s'envoler au moindre souffle, et nous frémissions un peu, car, sur nos cœurs, la fantaisie migratrice n'avait plus grand empire.

— Le soleil, répétait mon père, est le principe de la vie, de l'énergie, de toute énergie. Et, dans cette malheureuse maison, nous ne recevons pas le quart, pas le dixième de notre ration lumineuse normale. Il faut s'en aller.

Père entreprenait un léger discours sur le soleil, origine de l'énergie. Notre père n'était, avec nous, ni très ouvert, ni très démonstratif ; mais il aimait, abeille enivrée, il aimait de nous offrir un peu du miel qu'il allait, non sans grand-peine, butiner dans les écoles et les bibliothèques. Comme toutes les âmes novices, il subissait d'autant plus volontiers la séduction des idées qu'elles ne sont pas, encore qu'il y paraisse, principes d'élan, instruments d'exploration, cimes périlleuses, mais bien, au contraire, résultats encombrants, jalons, citadelles, refuges.

La connaissance des lois naturelles procure aux hommes de cette sorte une satisfaction sans ombre. Il avait bien assez d'apprendre ces lois et souffrait difficilement qu'elles pussent être affaiblies par de nombreuses corrections. Son effort était merveilleusement positif. L'esprit critique, sans lequel toute science est chimérique, mais dont les excès énervent l'invention, n'avait guère crédit dans cette ferveur novice. Je pense encore que, s'il n'avait dû tout apprendre à partir du commencement, il eût, avec une si belle candeur animée de fantaisie naturelle, il eût, dis-je, été capable de quelque chance géniale. Venu tard au festin du savoir, il l'a quitté dans la conviction pieuse et non point sereine, mais péremptoire, mais agressive, que le monde était complètement déterminé par des lois sinon simples du moins simplifiables, du moins en voie de simplification et que l'homme allait, dans un délai fort bref, être maître de ses destinées et, bien entendu, de l'univers.

Il disait, laissant s'exalter dans sa voix un rien de professoral que nous admirions, les uns et les autres, Joseph avec défiance, Ferdinand avec lenteur, Cécile avec politesse, mère avec fièvre, moi-même avec un intérêt combatif, il disait :

— Tout vient du soleil, c'est démontré. Ce que nous mangeons, d'abord. Les haricots, bien sûr ;

et le bœuf, parbleu! Ce n'est pas difficile à comprendre. Mais je dis tout, tout. L'eau de la carafe, Ferdinand ? D'où vient-elle ?

Ferdinand concentrait sur la carafe son regard de myope et répondait sérieusement :

— Du robinet. Eh bien oui, quoi! Des réservoirs de la ville.

Comme je ne pouvais m'empêcher de rire, Ferdinand me considérait d'un air offensé. Mais papa :

— Du soleil, voyons, Ferdinand! C'est le soleil qui fait évaporer l'eau de mer et qui forme les nuages. Et le charbon des machines, c'est le soleil qui, dans les temps anciens... C'est d'une simplicité parfaite. Tout du soleil! Tout par le soleil!

Ferdinand réfléchissait une seconde et proférait, en conclusion, une de ces formules de comptable dont sa conversation est nourrie :

— Parfaitement exact.

Il acquiesçait, mais il n'avait pas l'air surpris. Papa se montrait un peu déçu, car il admirait sans réserve les arguments et les solutions de la science. Une légère colère improvisée lui servait alors de dérivatif :

— C'est bien pourquoi nous quitterons cette sale baraque où le soleil nous est vraiment trop mesuré.

— Ram, insinuait maman qui maniait avec adresse les mots sacrés, Ram, attends d'avoir ton diplôme. C'est si proche, maintenant!

Déjà, père s'envolait vers d'autres pensées, d'autres projets, non sans avoir, au passage, salué le mot diplôme d'un sourire bleu comme un éclair.

Je dois reconnaître que le soleil nous visitait rarement. Il se montrait, au fort de la journée, dans la cuisine et dans l'ancienne salle à manger que mes parents avaient dû prendre pour chambre, à raison de certains calculs domestiques dont je n'ai plus souvenir. Je me rappelle seulement qu'il fallait, pour gagner la salle à manger, traverser avec les plats la chambre de nos parents. En fin de journée, le soleil caressait les deux pièces ouvertes sur la rue. Nous, les enfants, nous ne songions guère au soleil et les revendications de papa nous surprenaient un peu. Je pense aujourd'hui que, chez cet homme soutenu par une rare énergie et un prodigieux désir de jeunesse, le besoin de soleil fut longtemps la seule marque de l'âge. Un autre signe dont je parlerai plus tard, et qui m'a beaucoup frappé, fut, au milieu d'une vieillesse non seulement verte mais reniée, le souci constant qu'il eut de sa sépulture, souci qui m'a fait comprendre les coutumes de l'ancienne Égypte. Mais revenons rue Guy-de-la-Brosse.

Mordant sur le petit vestibule, il y avait encore un réduit transformé, pour notre usage, en cabinet de toilette et qui prenait jour de notre chambre, la chambre des garçons, par une imposte fixe devant laquelle on avait dû poser des rayonnages et qui s'en trouvait aveuglée plus qu'à demi.

Ce réduit était donc fort sombre et nous nous en plaignions. Un matin, j'eus à m'en réjouir. Deux ou trois jours après les scènes que j'ai rapportées déjà, mon père ouvrit la porte de ce cabinet, alors que j'étais en train de m'y savonner de mon mieux.

— Une minute, dis-je, et c'est fini.

Père eut un geste onduleux des épaules.

— Non. Continue. Je pensais seulement...

Lui si volontiers péremptoire, il avait l'accent indécis. Il s'était accoté distraitement au chambranle de la porte et dit encore :

— Si ça ne te fait rien, je vais rester un instant.

— Mais, c'est que...

— Oui, je vois, tu es à ta toilette. C'est justement à ce propos que je voudrais te parler.

Et, soudain, la voix affermie :

— Laurent, mon cher — il avait pris l'habitude, fort désagréable à maman, de nous appeler « mon cher » — Laurent, tu vas bientôt cesser d'être un enfant. Te voici, tout au moins, à l'âge où l'enfant commence de se transformer en homme. Il est temps de te mettre en garde contre certaines aventures. Mon cher, je ne pense qu'à ta santé. C'est en médecin que je dois te donner certains conseils. Est-il arrivé déjà qu'une dame t'adresse la parole dans la rue ?

Le visage de mon père était peu visible dans l'ombre. Je le regardais à la dérobée et j'y distinguais un sourire en même temps sérieux et lointain, un sourire qui m'indisposa. J'eus la certitude que mon père allait parler, là, tout cavalièrement, de certaines choses auxquelles je pensais chaque jour, de certaines choses inexprimables, incommunicables, qui m'étaient absolument personnelles, qui étaient mon secret farouchement gardé. Mon père était la dernière personne au monde avec laquelle un entretien sur ce sujet me parût souhaitable et même possible. Or, la catastrophe semblait assurée. J'attendais, saisi d'une sincère horreur qui se colorait de curiosité et même d'impatience. J'attendais, l'éponge au poing, les mâchoires serrées, tout prêt à fuir, à me rétracter dans les profondeurs.

— Il est possible, reprit mon père, que certaines dames t'aient parlé le soir, dans la rue.

J'avais tout de suite compris que c'était une question posée par un homme à un homme. Non sans étonnement, je m'entendis répondre :

— Oui, papa, c'est arrivé.

— J'en étais sûr. Tu n'es pas fort grand, mais assez large et de bon aspect. Tu portes des pantalons longs et, le soir, on pourrait te donner dix-huit ans, d'un peu loin. Où cette rencontre a-t-elle eu lieu ?

— A l'entrée du pont d'Austerlitz, devant l'usine des Eaux.

— Oui. Et quel genre de dame ?

— Oh! fis-je en baissant la tête, elle n'était pas bien belle, plutôt grosse et sans chapeau, avec un tablier à poches. Elle ressemblait à une femme de charge.

— Ça ne fait rien. Pas d'erreur. Et qu'a-t-elle dit ?

— Elle est arrivée tout près de moi. J'ai d'abord cru qu'elle allait me demander un renseignement, ou même une charité. Mais elle a dit...

— Quoi ?

— Qu'il fallait aller chez elle. A ce moment, j'arrivais juste sous le bec de gaz et, alors, elle s'est mise à rire. Elle criait : « Non! Mais c'est une jeune fille. Parole! On dirait une mademoiselle. »

— C'est tout ?

Je me sentis rougir. Heureusement, nous étions, père et moi, dans une obscurité fort indulgente.

— C'est tout.

— Bien! fit mon père d'un ton méditatif.

Il poursuivit presque tout de suite et, cette fois, avec autorité, presque avec légèreté :

— Mon cher, il pourra t'arriver encore, et de plus en plus souvent, d'être abordé, le soir, et non plus par de vieilles dondons, mais par des femmes jeunes, des femmes agréables à regarder. Eh bien, je t'engage vivement à te défier de ces personnes. Je ne te dis pas d'être malpoli ou de baisser les yeux comme un sot. Non, il y a la manière. Ça viendra. Tu es en âge de tout comprendre et mon devoir est de te mettre en garde. Ce que ces dames te proposeraient... Je pense que tu en sais quelque chose. Règle générale : méfie-toi des dames de la rue, des dames qui font métier de leurs charmes — ici père fit une petite grimace et ferma l'œil à demi — tu sais ce que parler veut dire. Maintenant, il pourrait arriver, plus tard, évidemment, beaucoup plus tard, que tu sois assez bête, je veux dire assez faible pour ne pas te défier. Laurent, je ne fais pas de morale. Je te le répète : je parle en médecin, rien de plus. L'hygiène, mon cher, l'hygiène pure et simple. Un garçon de ton âge doit savoir se laver correctement. Comment te laves-tu? Eh bien, non! Ce n'est pas cela du tout. Du courage, mon cher. Tu trembles comme si tu avais peur. C'est absurde. L'eau n'a jamais fait de mal à personne. De l'eau! De l'eau! Et du savon. Comme les mains, mon cher, comme les mains. C'est une habitude. Bien. Maintenant, autre chose. Un garçon de ton âge doit commencer à se défier des dames de la rue. Et d'un! Écoute la suite. Défie-toi aussi des jeunes filles, oui, des très jeunes filles. Et de deux! Ça t'étonne? Possible. Tu me comprendras un peu plus tard. Ah! Je devrais aussi te parler de certaines rencontres, de certains camarades, mais c'est plus rare qu'on ne le dit et, surtout... Non. On reparlerait de ça s'il y avait lieu. Je le verrais quand même bien. Au revoir, mon cher, et rappelle-toi ce que je t'ai dit : primo, les dames de la rue ; secundo, les jeunes filles. Voilà pour l'instant.

Mon père me fit un léger salut de la main, alluma

une cigarette qu'il venait de rouler et s'enfonça dans la nuit du vestibule pour rejoindre sa chambre. Un instant après, j'entendis qu'il sifflait à pleines lèvres.

J'étais si cruellement troublé que je n'arrivais plus à boutonner mes vêtements. Papa sifflait toujours. Qu'il pût siffler avec tant de désinvolture, alors que je me sentais au bord de la détresse, j'en éprouvais de l'humiliation et du ressentiment.

Cécile commença de faire parler le piano. Vers ce temps, elle ne travaillait pas moins de huit heures par jour et s'y mettait dès le matin. Elle s'arrêta bientôt et cria :

— Laurent! Laurent! Une minute.

Je sautai sur la clef de ma chambre et la tournai par deux fois.

— Non, dis-je, d'une voix altérée. Je suis en retard et je me sauve.

Déjà l'impatiente secouait la porte.

— Méchant! Méchant! Vilain frère, criait-elle avec fureur. J'avais justement quelque chose de beau à te dire.

J'entendis qu'elle se jetait sur le clavier comme sur une vengeance.

Mon cartable sous le bras, je me glissais dans les ténèbres de l'escalier. Voir Cécile, approcher Cécile, la pure, la blanche, alors que j'étais en proie à un trouble inavouable, cela me semblait impossible et sans doute impardonnable.

Le tumulte de la rue, remède souventes fois éprouvé, me rendit un peu de calme et la faculté d'analyse. Rien, dans les paroles de mon père, ne représentait à mes yeux une révélation. Depuis bien des mois, je vivais, j'avançais, escorté de pensées qui m'inspiraient une honte inexplicable, car elle était enivrante. J'avais accepté cette honte et me trouvais résolu fermement à la tenir secrète. Les propos et les plaisanteries de camarades dévergondés, propos que je me défendais d'entendre et auxquels je faisais en sorte de ne pas répondre, ne m'avaient pas encore détourné de croire que j'étais un cas exceptionnel. Quelques allusions ou confidences de Justin Weill n'avaient aucunement altéré cette accablante et exaltante certitude. J'étais un monstre, et je n'avais qu'à en prendre mon parti. Et voici que mon père, l'homme que j'admirais et redoutais entre tous, se mettait à disserter soudain de ces pensées tourmenteuses, avec un tranquille sourire dans lequel il y avait de la bonhomie, sans doute, mais aussi quelque chose d'un peu semblable à de la complicité. Mon père s'aventurait dans les ténèbres souterraines avec une belle tranquillité de professeur : « L'hygiène, vois-tu, mon cher, l'hygiène ! » Comme il avait parlé légèrement des profondeurs terribles ! Et la pureté, la pureté ? Pas un seul mot de la pureté. Pas même une parenthèse. Des conseils, des conseils, comme au débutant qui va, pour la première fois, monter dans une de ces fameuses voitures à pétrole.

En vain, d'une langue inquiète, je cherchais, au fond de ma bouche, une introuvable goutte de salive. L'ordre du monde était en péril et ma position au sein de ce monde perturbé me semblait assez effrayante.

J'abordai la rue Clovis, qui m'allait conduire au lycée. L'incompréhensible sourire de mon père passait et repassait devant mes yeux et je reprenais, dans l'espoir de les éclaircir, tous les détails de cette petite scène mémorable à laquelle j'ai repensé mille et mille fois par la suite et dans laquelle mon père venait de jouer, avec adresse et rondeur, un rôle qu'aujourd'hui je trouve assez difficile.

CHAPITRE V

Pour bien raconter, pour bien chanter notre année 1895, je sens que ne me suffit plus la petite flûte de fer-blanc sur laquelle j'ai célébré les saisons de ma première enfance.

Comme ces parchemins qui se trouvent, en certaines de leurs parties, d'une fine transparence cornée, l'histoire Pasquier laisse, parfois, entrevoir l'histoire du siècle. Le monde Pasquier n'est pas si clos qu'on n'y sente errer les clartés, les souffles, les rumeurs de l'univers. Je l'ai dit dans un autre récit, mon père était un assez bon exemple de ce que les philosophes allemands ont appelé « l'animal anti-politique ». Il était beaucoup trop occupé de soi-même pour apporter à la maison l'odeur des événements extérieurs, la vibration des passions publiques. Une partie des grandes nouvelles visitaient notre retraite par hasard, ou même par effraction. Il en résultait, il en résulte encore, dans mon souvenir, une juxtaposition assez incohérente des images, quelque chose de comparable à ce que les photographes nomment surimpression.

Si je m'abandonne aux songes, ce qui, d'abord, comble mon cœur c'est le souvenir de nos querelles, de nos drames, de toutes ces misères Pasquier qui n'ont pas encore cessé de déformer ma vision, et qui sont pourtant mon patrimoine le plus sûr. Mais l'esprit de l'enfant s'entrouvre, bien qu'avec défiance : à travers les colères paternelles sonnent, de temps en temps, inopinés, impérieux, les clairons de Madagascar. Notre famille est consumée par une flamme intérieure. Les grandes puissances de l'Europe achèvent de se partager la terre. Dans le regard de ma mère tremble une douleur poignante. Paris et la province retentissent chaque matin de la clameur des grévistes, quelque chose de violent, de furieux s'allume sur le visage des hommes qui traversent toute la ville, à pied, bien avant l'aube, pour aller à leur besogne. Cécile joue, sur un grand piano noir, des airs d'une beauté déchirante. Elle s'arrête parfois et j'entends comme des cris et des détonations : les Prussiens ont percé, d'une mer à l'autre, un canal, sous le Danemark. Les Japonais et les Chinois poursuivent une chamaille féroce et sans fin. Je grimpe, tremblant de frayeur, un escalier, rue de Fleurus. Bismarck est malade, malade ou mort. Je vois son portrait, sous un casque hideux, dans un journal du dimanche. Les images des illustrés, avec leurs couleurs cruelles et périssables, ont parfois plus de force que des souvenirs personnels. Ferdinand est assis, tout honteux, sur une chaise. De longues larmes viennent s'égarer dans sa jeune moustache. Cela n'a vraiment aucun rapport avec le président Félix Faure, ni même avec les malheurs de l'Espagne dans une île des lointaines Antilles. Et pourtant tout cela reste confondu, faits et sentiments entrelacés dans une étreinte dérisoire. Père et et moi, blêmes, tous deux, tous deux les dents et les poings serrés, nous nous regardons en silence, avec défi, avec fureur, dans une chambre sans issue. Les bombes des anarchistes éclatent, de-ci, de-là, pour assouvir ou pour accroître mon angoisse. Un été brûlant, haletant, attisé de toute ma colère, pille les jardins poudreux. Parfois, les événements se compénètrent, s'associent. L'histoire entre dans notre logis et s'incorpore vraiment à nos pensées. Pasteur est mort. On en parlera chez nous pendant une semaine. On pourrait croire que papa va nous faire prendre le deuil. Il a trouvé ses dieux et les honore à sa façon. Cécile s'avance, mince et fière, sur un théâtre immense, au milieu des musiciens. Le monde entier regarde la belle petite fille. Tananarive est tombée. Wagner entre dans ma vie comme un corsaire, à l'abordage. Parfois, parce qu'ils sont proches, d'infimes événements me cachent le reste de la terre. Le bruit menu que fait ma mère, dans la cuisine, m'empêche, certains jours, d'entendre le pas des nations qui s'acheminent vers leur destin.

Et, cependant, les grandes passions qui vont, pendant bien des lustres, faire virer la roue du monde, s'enracinent, de toutes parts, dans le siècle finissant. Toutes les idées qui vont, pendant bien des années, alimenter, exalter, puis décevoir des millions d'esprits avides, toutes ces idées commencent de couler comme des sources à travers l'été suffocant de l'année 95. Ce monde, si loin de nous, hommes de 1932, ce monde qui n'avait ni notre pas, ni nos goûts, ni notre rythme, ni nos craintes et ni surtout nos plaisirs, ce monde est là, bien proche encore, encore tout chaud, sous une fine couche de cendre.

Que je m'en tienne à mon propos! Que, fidèlement, je conte l'obscure histoire de nous, l'histoire Pasquier. Je voudrais, pour ce faire avec ordre, rappeler, sous une lumière attentive, les hommes et les paysages.

Maman s'éveillait toujours la première, bien avant le jour en hiver. A travers les derniers nuages de sommeil, nous l'entendions errer doucement dans la maison. Elle traversait notre chambre et elle examinait nos vêtements, notre linge. Elle en prenait souvent une pièce et s'en allait la ravauder dans la cuisine, sous la lueur d'un bec Auer au manchon fragile et délabré. Un peu plus tard, maman descendait dans la rue pour acheter du pain. Elle tirait la porte doucement. Nous savourions en hâte les dernières minutes de néant. A peine de retour, maman nous embrassait pour nous encourager au réveil. Venaient alors les frissons du matin frais, l'eau, l'éponge et la cuvette. Déjà rasé, déjà peigné, père criait, la voix tonnante :

— De l'eau froide, beaucoup d'eau froide, pour durcir l'épiderme. Sans cela, vous aurez des poches sous les yeux et vous serez vieux à vingt ans.

Je viens d'écrire : « la voix tonnante »... En fait, mon père n'avait pas une voix extrêmement forte. Il se déclarait lui-même, non sans regret, « ténor léger ». Pour tempérer ce regret, il se procurait, au prix de petits artifices, l'illusion de la puissance vocale et parvenait parfois à donner pendant quelques instants cette même illusion aux autres.

La toilette finie, les vêtements endossés, toute la famille se réunissait à table. Nous aidions Cécile à reployer son lit, ou, plutôt, nous nous hâtions de le reployer sans elle, car Cécile, avec raison, ménageait ses précieuses mains. L'odeur du café, par vagues, flânait de chambre en chambre.

— Ne bâillez pas! criait papa. C'est affreux et débilitant. Plus vous bâillez, plus vous ressentez la fatigue. Allons, respirez! Poitrinez! Parlez nettement! Articulez! Vous ne dites pas « papa », vous dites « vava », par mollesse. Et c'est honteux. On n'a pas le droit d'être fatigué, à votre âge, surtout au saut du lit.

Là-dessus, père bombait le torse et tirait sur ses moustaches flambantes. Il disait, indiquant, par une simple inflexion de la voix, que la phrase était destinée à maman :

— J'ai rendu visite à Chevallereau. Quel âge peut-il bien avoir? Deux ou trois ans de moins que moi, pour sûr. Eh bien, il est tout décati, tout déplumé. Et le peu qui lui reste est plus sel que poivre.

Là-dessus, mon père haussait le ton et s'adressait non seulement à nous, les enfants, mais à la foule des hommes pour une prédication vigoureuse.

— Il faut être jeune et vert. Il ne faut pas se laisser avachir. Quand on est vieux, il est impossible de redevenir jeune. Règle absolue : ne pas se laisser vieillir. Voilà ! Je suis l'apôtre de la jeunesse.

Cet enseignement, dont je ne médis point, nous trouvait en général silencieux, car nous étions tous jeunes, fort jeunes, et la vieillesse nous apparaissait comme une éventualité bien lointaine et même improbable. Il m'arrivait, pendant les explosions de l'éloquence paternelle, de regarder ma mère et j'observais alors qu'elle, toujours si généreuse dans l'assentiment, serrait les lèvres et baissait à demi les paupières quand cette éloquence s'exerçait sur le thème favori, le thème de l'éternelle jeunesse.

Le petit déjeuner pris, ce qui n'était pas fort long, papa se levait et s'éclaircissait la voix par deux ou trois « hum ! » énergiques. Il n'était pas de haute taille ; mais il jetait sur les choses et les hommes un regard bleu-frais, ironique, toujours un peu dédaigneux, et ce regard indéchiffrable faisait paraître mon père plus grand qu'il n'était en réalité, phénomène qui m'a beaucoup frappé dans mon enfance et que je relate sans entreprendre de l'éclaircir. Il avait des cheveux bouclés, d'un blond chaleureux, des traits nets, un teint clair dont il prenait grand soin. Bien qu'il fût alors en pleine maturité, tout le monde s'accordait à lui trouver l'aspect de la jeunesse et, quand l'opinion des autres sur ce sujet captivant tardait à se faire jour, il la sollicitait délibérément. Il portait, comme les étudiants parmi lesquels il vivait, de légères cravates lavallières. Il se plaignait souvent de ses vêtements, qu'il jugeait défraîchis et que je trouvais, à part moi, d'une parfaite élégance.

Tout de suite, la famille se dispersait pour les travaux de la journée. Cette année-là, je l'ai dit, mon frère Joseph était soldat, en garnison dans une ville de l'Est. Ferdinand préparait non sans peine des examens pour entrer dans l'administration. Il accomplissait, en attendant, un stage d'expéditionnaire chez un avoué de la place Vendôme. Parfois, mon père laissait tomber sur Ferdinand son regard pervenche, avec un sourire de paisible mépris, et il disait à mi-voix : « gratte-papier », car il avait gardé, brûlante au cœur, une belle fièvre d'indépendance. La plume lui semblait préférable à la bêche, certes, mais à condition d'être franche de chaînes et de barreaux. S'il souhaitait de s'élever et s'il le répétait sans cesse, il avait l'horreur des servitudes bureaucratiques et n'eût pas considéré comme une élévation de travailler à heures fixes, derrière des portes closes, même au prix d'un traitement princier. Encore qu'il fût incapable d'une longue rancune, il n'envisageait pas sans amertume et sans bouffées d'humeur le destin de ses deux aînés : Joseph dans le commerce et Ferdinand dans les bureaux!

Peu de minutes après Ferdinand, je sortais à mon tour. Je retrouvais Justin Weill au coin de la rue et gagnais le lycée. Père partait pour l'hôpital où il était élève. Mère s'occupait des soins de la nourriture et du ménage. Cécile, avec une indifférence olympienne, s'installait au piano. La petite Suzanne piaillait de pièce en pièce, jouait avec un grain de poussière, léchait avec une application jubilante les moulures des meubles. La maison, ivre de gammes et d'arpèges, entrait dans une paix sonore.

Ferdinand prenait le repas de midi au-dehors, à l'étude : la traversée de Paris en omnibus était un assez long voyage. Papa, pour des raisons analogues, ne rentrait pas déjeuner. Jusqu'au soir, entre les heures du lycée, la maison était mon domaine. Quand je dis la maison, j'entends une partie de la tranche de bâtisse formée par le quatrième étage.

Domaine traversé, domaine envahi. On entendait, à toute heure, les longs doigts de Valdo battre une charge capricante sur le panneau de la porte. Nous allions, mère ou moi, tourner le bouton, car Cécile, une fois au travail, ne se dérangeait jamais. En général, nous tenions toujours fermée la porte du palier. Comme tous les Français, constructeurs d'enclos, nous avions un sens jaloux de notre particulier, le goût des murailles, des serrures et d'une sécurité même illusoire, ce goût que certains peuples étrangers tournent volontiers en dérision.

Valdemar Henningsen, à peine dans la citadelle, plaçait tranquillement la clef à l'extérieur de la porte, ce qui devait lui permettre de circuler plus librement.

— Eh quoi! disait-il, avez-vous donc peur des voleurs?

Excellent Valdemar! Il n'a sans doute jamais compris que si nous poussions — tout au moins maman et nous, les petits —, si nous poussions toujours soigneusement les verrous, c'était pour défendre, plus encore que nos hardes et nos meubles, le génie du foyer, les dieux de notre clan.

Guidé, aspiré par la musique, Valdemar entrait sans même frapper dans la chambre où travaillait Cécile. Il ne prenait pas toujours le temps d'un salut : il tirait une chaise, s'asseyait, décrivait dans l'air, avec son index noueux, quelque signe ésotérique. La leçon commençait. Était-ce vraiment une leçon, au sens étroit du mot? C'était plutôt, j'y ai souvent songé depuis, une transfusion mystique. Il restait là parfois dix minutes et parfois trois heures. Il s'en allait, revenait, hantait la maison comme un esprit aérien. Parfois, il partait sans avoir dit une syllabe. D'autres fois, il se répandait en propos querelleurs, stimulait, exaspérait l'ange musicien qui devenait alors semblable à quelque juvénile furie.

Deux fois la semaine, Cécile s'habillait avec soin, remplissait un grand carton de cahiers et de livres et s'en allait prendre sa leçon officielle chez le vieux M. Diétrich, qui venait de renoncer à la gloire du virtuose et se consolait avec celle du pédagogue.

Le maître, l'inspirateur véritable, c'était bien, à mes yeux, notre extraordinaire Valdemar, ce feu follet, cet Ariel chargé, par une malédiction dérisoire, de grandes mains et de grands pieds. Si ma sœur Cécile est devenue l'artiste souveraine qu'elle est, au regard du monde, elle le doit certainement à cette âme fugitive et radieuse, à ce grand Valdemar qui lui a fait sûrement beaucoup de bien et, plus tard, beaucoup de mal.

Comment cet étranger, cet homme-oiseau, cet esprit voltigeur avait-il pu, dans une tanière aussi fermée que la nôtre, prendre tant de place, tant d'autorité, c'est ce que je me demanderais encore, si je n'étais fait et même allégrement résigné à toutes les contradictions qui sont l'ordre même de la vie morale. Les mots de séduction et de prestige ont un sens : ils éclairent assez bien le mystère de nos rapports avec Valdemar Henningsen. Le détachement sublime, aérien avec lequel Valdo traitait une part de ma famille n'a jamais risqué, chose étrange, de lui en interdire l'accès, à l'origine de nos relations. Valdemar s'est introduit tout naturellement dans la série des mystères orphiques inaugurés par les premiers essais de Cécile et l'arrivée du vieux piano. J'ai même toujours pensé que, dans l'animosité mal celée de Joseph à l'égard de Valdemar, il y avait une forme superstitieuse du respect. Joseph a pu, par la suite, invectiver contre Valdemar et triompher bruyamment, je suis bien sûr qu'un sourire de Valdemar procurait, dans les commencements, à mon frère Joseph, une espèce de joie humiliante qu'il redoutait et souhaitait avec haine.

Presque chaque jour, Valdo, frappant de la paume sur le vieux piano, disait :

— Ça ne peut pas durer! Il faut un piano demi-queue, pour le moins. Il est grand temps. Je vais m'en occuper.

Mère levait les bras au ciel. Valdemar poursuivait, avec un geste plein de noblesse :

— J'en fais mon affaire, madame Pasquier. Un mot, et le grand piano est là. Je vous dis que je le tirerai de mon chapeau.

— Où mangerons-nous? demandait maman tout bas.

Valdemar avait un sourire céleste :

— Manger, manger! Mais cela n'a vraiment aucune importance.

Cécile assistait à ces débats avec une impassibilité parfaite. Le grand piano viendrait en son temps. Cécile avait remis sa cause aux mains du chevalier. Elle semblait, dès ce temps, sûre de ses destinées.

Je crois que Valdo m'aimait bien. Souvent, il me prenait par le bras et me disait laconiquement :

— Viens.

— Où donc ?

Valdemar avait un geste magnifique pour m'ouvrir l'espace infini du monde.

Nous descendions dans la rue. Mon camarade était

plus âgé que moi et beaucoup plus grand. Il me prenait par l'épaule, geste qui m'est, d'ordinaire, insupportable, car j'aime tous les aspects de la liberté, geste que, de Valdemar, je tolérais bien volontiers.

La rue Guy-de-la-Brosse dormait, comme un bras mort, entre la paisible rue de Jussieu et la rue Linné que faisait retentir, ferraillante, hennissante, la course des omnibus. Les platanes de la Halle aux vins poussaient leur jeune feuillage. Parfois, dans une bouffée de vent, nous parvenaient les odeurs et les rumeurs de cette ville secrète, un aigre borborygme de cave, comme d'un estomac d'ivrogne, l'haleine d'un alambic ou d'une bonbonne brisée, le bruit creux des futailles maniées par des tâcherons habiles et, plus loin, du côté de la rue des Fossés-Saint-Bernard, le maillet des tonneliers.

Presque toujours, Valdo m'entraînait vers le Jardin des plantes. Il ne se plaisait guère aux bosquets ou même aux cages des fauves. Il n'avait de regard que pour des rêves et des pensées et ne daignait pas toujours m'admettre au partage. Parlait-il, c'était, le plus souvent, avec véhémence, de la musique et des musiciens. J'écoutais, religieusement. Il commençait de me faire connaître des dieux que j'ai, pour mon allégement et ma joie, confessés dans la suite des jours.

Valdemar employait, à tout le moins dans notre intimité, un système de valeurs qui tirait de la musique ses principes, ses comparaisons et son vocabulaire. Il regardait le pesant édifice du muséum de zoologie et sifflait avec mépris : « Je donne tout ça pour deux mesures de Bach. » Il appelait l'asthmatique du rez-de-chaussée « quart de soupir », la concierge « point d'orgue ». Jugeait-il tel personnage illustre qu'il avait entrevu, même fantaisie véhémente : « C'est un néant. Il prend Purcell pour un fabricant de vélocipèdes! »

En ces années, que j'appelle encore les années Guy-de-la-Brosse, Valdemar délirait chaque jour à propos de Wagner : « Ce n'était pas un homme, c'était le démon de la musique. Il avait vécu comme un roi, avec des rois, dans un palais, au fond d'un domaine enchanté. Il avait construit, sur une colline, le vrai temple de l'art où des séraphins soufflaient dans des trompettes d'argent pour célébrer une coupe sublime pleine de sang enflammé. On disait qu'il était mort à Venise ; mais, en vérité, il errait par le monde, comme un conquérant, et versait à ses disciples des breuvages délicieusement empoisonnés. »

Là-dessus. Valdemar entrait en extase. Il murmurait, le visage au ciel : « Moi aussi, je veux errer par le monde ! Il y a des hommes si terriblement enfoncés dans leur vie que rien ne peut les en extraire, ni le flot, ni le feu, ni les bourrasques. Mais moi, moi, moi, je suis une âme voyageuse. Rien ne me retient, pas même ma mère, que j'adore. Non, pas même Mme Henningsen. Dans deux mois, je serai peut-être assis au seuil d'une estancia de la pampa, peut-être sur une jonque chinoise, peut-être en prison. Je ne sais pas. Je ne veux même pas savoir. Je suis merveilleusement prêt à tout. »

Il retombait de ces hauteurs en de romantiques mélancolies et, certains soirs, il parvenait à me faire peur. Nous longions l'interminable muraille de la Pitié. Il disait soudain, très profondément effrayé lui-même :

— On n'entend pas les malades. Est-ce possible ? C'est que nous faisons trop de bruit. On devrait les entendre gémir. Et les morts ? Les morts n'ont pas de voix, heureusement. Si les morts pouvaient se plaindre, quel cri, Laurent ! Quelle clameur ! On ne s'entendrait plus vivre.

Quelques minutes plus tard, calmé, guéri, Valdo se prenait à siffler. Il sifflait avec une force, une habileté vraiment exceptionnelles. Il imitait les oiseaux, les instruments de l'orchestre et les bruits de la nature.

Nos rêveries louvoyaient souvent aux abords du jardin botanique de Baillon. C'était un jardin clos de haies épaisses et si hautes que le regard ne les pouvait franchir. Ce jardin occupait alors l'emplacement sur lequel, deux ans plus tard, on devait commencer de construire l'École des Sciences physiques, chimiques et naturelles. Conservé comme un musée de plantes rares par le vieux professeur dont il portait le nom et dont mon père parlait avec révérence, le jardin de Baillon dépendait de la Faculté de médecine.

En croisant dans les parages, Valdo murmurait, l'œil mi-clos :

— C'est le jardin des filles-fleurs. Il faut entrer là-dedans.

— Mais, Valdo, c'est défendu.

— Pff... Pff...

Il haussait les épaules et commençait de chantonner des improvisations. « Je suis le pur, je suis le vaillant. J'entrerai dans le jardin ! »

Un jour, voyant la porte entrouverte, il me saisit par le bras et m'entraîna dans le jardin mystérieux.

J'ai souvenir d'un espace assez découvert où commençaient de verdoyer toutes sortes de petites plantes souffreteuses et même des arbustes. On voyait encore une serre fermée comme une châsse et dont les vitres étaient laiteuses de buée. Au-delà, le dos des maisons fuligineuses, des lucarnes aveuglées de torchons sales.

Valdemar considérait tout cela d'un œil glacé, presque féroce.

— Ce n'est pas le jardin des filles-fleurs, souffla-t-il, c'est un jardin d'apothicaire.

Et, soudain, la voix corrosive :

— Regarde : voici Klingsor.

Un vieil homme accourait sur nos pas. Il avait l'air triste et mécontent.

— Êtes-vous étudiants en médecine ? demanda-t-il.

Je me rengorgeais un peu, fier d'être pris pour un étudiant. Le vieux répéta sa question.

— Non, heureusement, répondit Valdemar avec insolence.

L'archange à cheveux blancs nous montra la porte :

— Alors, déguerpissez.

Valdemar haussa les épaules et m'entraîna, sifflant à pleins poumons.

Presque toutes nos promenades nous ramenaient vers cette petite place sans nom qui bée à l'angle occidental du Jardin des plantes et sur laquelle donnait alors l'hôpital de la Pitié. Noires, sordides, pareilles à des constructions pénitentiaires, les bâtisses du vieux lazaret s'ouvraient au monde par un portail de forteresse. Les jours de visite, la place attirait les voiturettes des marchands d'oranges et de sucreries. Une foule soucieuse, endeuillée comme les murailles, à demi muette, attendait là, patiemment, quelque froide confirmation de ses angoisses. Un jour, je vis cette foule s'écarter brusquement, comme au passage d'un prince. Une grande pauvresse blonde parut, soutenue sous les bras par des ombres compatissantes. La malheureuse mordait à pleines dents son mouchoir et hurlait sourdement.

En face de toutes ces douleurs, une grande fontaine publique gargouillait avec un bruit d'éternité. Les cochers à chapeau de cuir y puisaient, pour abreuver leurs chevaux pommelés. Les omnibus de Montmartre arrivaient là, dans un jovial tintamarre de vitres. Ils avaient traversé presque toute la ville, fait retentir les quartiers du centre où travaillaient les hommes d'affaires, franchi le fleuve chargé de chalands et de remorqueurs. Les gens qu'ils déposaient au terme d'une si belle course avaient l'air d'explorateurs émerveillés.

A l'ouest de ce forum confus, commençait, commence encore la colline Sainte-Geneviève, avec ses venelles et ses masures cariées que le siècle nouveau, une par une, renverse et pile.

Malgré les réduits puants, la foule clabaudeuse, les sentines et les taudis, cet étrange quartier me signifiait une vie nouvelle. De grandes et puissantes écoles s'y dressaient, sourcilleuses forteresses du savoir. A quelques minutes vers le ponant, je pénétrais au cœur même de la ville spirituelle, la ville des bibliothèques, des laboratoires et des musées. Et nous, nous, les Pasquier, arrivés du quartier de Plaisance comme une tribu d'émigrants aux yeux ouverts, à la cervelle avide, voilà que nous avions audacieusement installé nos lares sur la marche de l'empire sacré.

Beaucoup trop pauvres, au moment de notre arrivée, pour renouveler les peintures du logement ou obtenir du moins qu'elles fussent rafraîchies, nous avions souffert, tous ensemble et chacun selon nos vertus, d'avoir à toucher et à sentir la crasse des autres. Alors maman, jour après jour, s'était mise à lessiver les murailles, les plinthes et tout ce qui pouvait souffrir un traitement tel. Puis elle avait, de-ci, de-là, collé des lés de papier propre. Ce grand labeur, joint aux besognes journalières, lui avait corrodé les mains et l'avait exténuée, mais nous avait, à tous, procuré si grand soulagement que mère en parlait comme d'une fête et en gardait un souvenir béni.

Malgré ces soins purificateurs, l'odeur de nos prédécesseurs était restée, pendant longtemps, embusquée dans les planchers et les murailles. Mère et moi, plus sensibles du nez que les autres, en étions encore affectés. Maman disait parfois : « Ça sent l'habitant. » Moi, je lançais : « Ça sent les autres. » Petit à petit, l'odeur des prédécesseurs s'était évanouie, soit qu'elle eût cessé de nous être perceptible, soit qu'elle eût été finalement supplantée par nos odeurs à nous, par les odeurs de notre vie à nous. Il arrivait d'ailleurs que cette odeur des autres resurgît, brusquement, du fond de l'oubli. Parfois, elle nous attendait, au retour d'une promenade. Parfois, nous la trouvions assoupie derrière un meuble, retranchée au fond d'un placard. Nous avions tôt fait de l'effaroucher et de la mettre en fuite.

J'ai dit, plus haut : « nous étions beaucoup trop pauvres... » C'est vrai, depuis bien des années, nous connaissions une pauvreté d'autant plus amère qu'elle était éperonnée d'ambition. Pour m'expliquer tout à fait sur ce point, je dois ajouter une remarque où se peint le génie même de notre langue. Dans la pauvreté, nous avons été bien souvent jusqu'à l'adjectif ; nous ne sommes jamais tombés au substantif. J'entends que si nous avons été presque toujours pauvres, en ce temps, nous n'avons, heureusement, jamais été des pauvres.

Les classes finies, je regagnais la maison dans la société de mon cher Justin Weill. Pendant que je faisais mes devoirs avec ce mélange d'application et d'aisance qui fut la marque de tous mes travaux scolaires, nous recevions souvent les demoiselles Segrédat.

Père n'avait que de rares camarades et je sens aujourd'hui que nous savions peu de chose, hors la vie de la maison. C'est dans notre voisinage immédiat que se sont toujours déclarés nos quelques amis. Les demoiselles Segrédat habitaient le logement voisin du nôtre. Elles étaient trois, deux nièces et leur tante, personne antique, presque aveugle, qui ressemblait étonnamment au portrait que Dürer nous a laissé de sa mère. Cette ressemblance est, à vrai dire, devenue plus vive, avec les années, car le portrait, toujours présent, supplante un souvenir à l'agonie.

Les nièces approchaient toutes deux de la trentaine. Honorine, l'aînée, était une assez forte fille, un peu pauvre d'esprit, laide, gâtée encore par une prononciation zézayante et postillonneuse. La plus jeune, Thérèse, était imperceptiblement bigle, mais douce de visage, de cœur et de voix, et blanche de peau, ce que soulignait un deuil perpétuel. Elles étaient pieuses toutes les trois, la tante avec désolation, la petite avec tendresse, la grande avec frénésie. Elles étaient toutes les trois sensibles à la musique et venaient souvent, subjuguées, entendre Cécile qui n'avait pas toujours l'air de les voir. J'aurai lieu de les ramener dans mon récit.

La nuit renouait toute la famille. En général, père rentrait pour dîner, mais ce n'était pas de règle. Une fois la semaine, au cours du repas, mère donnait lecture d'une lettre dans laquelle Joseph racontait la caserne et demandait un peu d'argent. Père tapait, du bout des doigts, sur la table et poussait un soupir d'une espèce particulière, un soupir qu'on entendait seulement quand il était question d'argent.

Le piano calmé, Cécile écrivait des devoirs d'harmonie, pour nous incompréhensibles. Ferdinand, couché sur la table à cause de sa mauvaise vue, alignait des chiffres, colonnes par colonnes. Papa, quand il était là, travaillait dans sa chambre, la plume aux doigts et les lèvres en mouvement, car il forçait sa mémoire comme un cheval rétif.

Et puis je m'endormais, dans le lit de Joseph. Pendant l'instant de lucide raison qui suit le coucher et la résolution des muscles, je dénombrais les périls qui pouvaient fondre sur notre foyer, sur cet asile étroit où nous vivions si proches les uns des autres qu'on percevait, la nuit, tous les souffles emmêlés et qu'en écoutant bien on eût distingué les battements de tous les cœurs. Quels malheurs connus ou inconnus pouvaient donc heurter à la porte ? Une traite ruineuse et oubliée ? Un huissier brutal ? Quelqu'une des affreuses, des éternelles surprises de l'argent ? Et quoi donc encore ? La maladie ? La mort ? Fallait-il penser à ces calamités qui tombent du ciel, sortent du sol, accourent du fond de l'étendue ? Fallait-il compter avec le feu, la foudre ? Et quoi de plus terrible ? L'émeute ? La guerre ?

Je retournais toutes ces pensées dans ma tête. Je n'avais rien oublié. J'avais répandu quelques gouttes de sang sur l'autel de tous les démons. Que pouvait-il survenir d'autre ? Rien. Rien, bien sûr.

Alors, prêt pour le sommeil, j'attendais le signal mystérieux. Il arrivait. Je commençais de voir défiler, sous les yeux intérieurs de l'âme, tous mes paysages secrets, avec leurs détails délicats, leur arbre foudroyé, leur maison perdue, leurs abîmes fleuris, leurs gorges de roches sépulcrales, leurs montagnes aux éternels sentiers solitaires, leurs ciels de soie noire, tous ces paysages, connus de moi seul, qui glissaient de plus en plus vite, dans la ténèbre, et dont la vue m'annonçait, m'annonce encore, l'imminente extase du néant.

CHAPITRE VI

UNE LEÇON D'ACCOMPAGNEMENT. VALDEMAR PARLE DE
GŒTHE AVEC IRRÉVÉRENCE. SI LA MUSIQUE EST UNE
NOURRITURE CÉLESTE ET PAS AUTRE CHOSE. DIA-
LOGUE DANS LA CUISINE. UNE COMMISSION MYSTÉ-
RIEUSE. SIGNIFICATION VÉRITABLE DE LA SONATE EN
FA. MADAME HENNINGSEN ET LE GENRE ARTISTE.

Maman se pencha sur mon épaule et murmura :
— Viens me rejoindre dans la cuisine, Laurent.
J'ai quelque chose à te dire.

C'était un jeudi de mai. J'ai souvenir qu'il faisait beau. Cette journée, pour moi, demeure bai-
gnée d'une lumière jaune, un peu lourde, maculée
d'ombres à l'encre violette, la poignante lumière
des soleils qui ont éclairé nos tourments.

Mes devoirs étaient finis. Belle matinée de vacances. A cheval sur une chaise au cannage fourbu,
j'écoutais Valdemar et Cécile. Par la fenêtre ouverte,
nous arrivait le reflet d'une grande maison blanche,
éblouie. J'avais chaud, j'étais bien.

Valdemar, avec la même pathétique maladresse,
jouait de quatre ou cinq instruments différents.
Il avait, ce jour-là, descendu son violon, un beau
violon ancien qu'il disait provenir de Kreutzer et
dont il racontait l'histoire non sans une profusion
de détails discordants.

C'était donc, ce jour-là, ce que l'on appelait la

leçon d'accompagnement. Valdo jouait soi-disant pour faire travailler Cécile, mais il y goûtait un plaisir jaloux, un plaisir grondeur et traversé de déceptions. Il disait :

— Le largo, maintenant. Et du calme! De la sérénité, bon Dieu! C'est la plus belle page de Jean-Sébastien. Il a composé cette page-là pour moi, uniquement pour moi, Valdemar Henningsen. Quand les médecins m'enlèveront le cœur, ils trouveront toutes ces notes-là gravées sur la chair de mon cœur. Et si je deviens roi, je défendrai que les autres jouent ce largo. Oui! Sous peine de mort, ou de torture, ou de je ne sais quoi. Tout doux, Cécile! Non! Attendez un peu que je me remette, que je ne tremble plus.

— Pour toi! fis-je, pendant cette pause. Il a écrit cela pour toi seul! Vraiment? Et que pouvait-il bien te dire?

Valdemar faillit lâcher son violon. Il roulait des yeux féroces.

— Il a voulu me dire les choses du ciel qui ne s'expliquent pas avec des mots. Alors quoi, Laurent! Toi aussi! Toi aussi! Je t'ouvre la porte du temple et tu es encore assez godiche pour demander ce que la musique veut dire! Et que veut-elle dire, monsieur le nigaud? Des bêtises, peut-être? « L'instant où nous naissons est un pas vers la mort. » On m'a fait apprendre tout ça dans vos écoles. Ou des choses fameuses pour jeunes personnes sentimentales... « L'homme est un dieu tombé qui se souvient des cieux. » Pas possible! Mais, Laurent, Laurent, quand elle te donne, ta mère, des petits pois ou du pain blanc, est-ce pour te dire que l'homme est un dieu tombé? Non, Laurent, non, c'est pour te nourrir, pour faire la chair de ton corps et de ton âme. L'homme est un dieu tombé... Je ne dis pas le contraire ; mais c'est autre chose, tout autre chose.

A mon tour, je secouais la tête avec passion.

— Et si cet air que vous jouez là m'explique à moi quelque chose, à moi...

— Non! cria furieusement le jeune homme. C'est pur de toutes vos idées, de toutes vos sales idées. C'est la vue de Dieu, et c'est assez et c'est tout. Le

grand Gœthe a parlé de la musique, oui, tu sais...
Il dit : « des hommes vêtus de rouge qui se promènent
sur les marches d'un escalier ». Je te demande un peu !
Il a parlé comme une bourrique. Quoi ? Bourrique
ce n'est pas respectueux pour le grand Gœthe ?
Pardon, monsieur, pardon ! Mais pourquoi le grand
Gœthe va-t-il dire des niaiseries et se mêler de nos
affaires ? Est-ce donc impossible de ne pas ouvrir
la bouche ? Ils croient, les poètes, qu'ils peuvent
raconter de tout. Mais non, il n'y a qu'à se taire
et à recevoir. Alors, tais-toi, car tu n'es même pas
poète.

Il avait replacé le violon contre sa gorge et, comme
le piano s'élançait, impatient de la terre, Valdo
fit entendre une interminable note suppliante.

Je sentis, à cet instant, que ma mère, survenue
à pas de fantôme, par la porte de notre chambre,
se penchait vers mon oreille :

— Laurent, soupira-t-elle, viens me rejoindre
dans la cuisine, j'ai quelque chose à te demander.

— Tout de suite, maman, tout de suite.

Je répétais « tout de suite » et, dans mon cœur,
j'ajoutais avec une voluptueuse langueur : « Un
petit instant, mère, encore un petit instant ! »

Que la musique fût comparable à la nourriture
céleste, je le sentais bien ; mais étais-je vraiment
sot et impur parce que la musique me montrait, à
moi, Laurent, toutes sortes d'images vives, parce
qu'elle appelait tantôt une pensée, tantôt un vers
et tantôt une odeur, parce que, dans son vol, elle
rasait souvent la terre et s'y déchirait et s'y bles-
sait avec des cris ?

Ils étaient partis, maintenant, les compagnons de
la nuée. Cécile montrait, à son ordinaire, un visage
impassible. Elle savait bien qu'elle n'avait pas la
première place, qu'elle devait obéir, suivre fidèlement l'autre voix, la dominatrice. Cécile connaissait apparemment le texte, car elle regardait non
le cahier, mais quelque chose d'invisible, à travers
la muraille. Parfois, son œil redescendait et Cécile
avait l'air d'apercevoir ses mains, de contempler
avec étonnement le miracle de ses mains, d'assister,

étrangère hautaine, à l'œuvre prodigieuse de ses mains. Pendant de longues minutes, elle suivait docilement le guide ; à d'autres moments, ressaisie, insoumise, elle élevait la voix, s'acharnait à son chant, tirait sur ses liens. Une lutte s'engageait entre ces deux âmes farouches. C'était beau. Était-il possible que cela ne signifiât vraiment rien de plus que la nourriture de l'âme ? Je regardais par la fenêtre et j'apercevais un petit carré de ciel qui ressemblait à cette musique. Un nuage brillant, joufflu, avançait, navigateur, à travers cette page de ciel et, juste, la musique prenait la forme du nuage. Il y avait, de l'autre côté de la rue, une fenêtre énigmatique, à laquelle se montrait, le soir, un pâle visage de femme souffrante. Entre ce visage toujours noyé sous la vitre et les élans du violon, se pouvait-il qu'il n'y eût vraiment aucune concordance cachée ? Et la fleur captive qu'on voyait sur l'extrême bord de la fenêtre, la fleur prête au bond suprême, prête au suicide, ne venait-elle pas, à l'instant même, de pleurer sous les doigts de Cécile ?

« Tout de suite, maman. Tout de suite... » J'irais, bien sûr, j'irais retrouver ma mère dans la cuisine. Mais, une minute, une minute encore ! Se pouvait-il que toute cette musique fût dégagée des pensées humaines, alors que la paix de mon esprit exigeait justement que j'attendisse la fin du chant comme on espère la conclusion d'un raisonnement, d'un plaidoyer, d'une prière ?

L'idée me vint, furtive, que je retardais l'instant d'aller rejoindre mère dans la cuisine comme on diffère, d'instinct, l'effort ou la douleur. Mais non ! Il me faudrait tout simplement courir place de Jussieu et remonter une livre de gros sel ou peut-être un sac de farine, rien de plus.

De nouveau, je sentis un souffle chaud contre mon oreille. Que maman était respectueuse, de la musique, de cette musique étrangère, trop savante pour son âme tendre ! Elle aurait pu crier, de loin, sans ménagement, troubler le concert des altitudes. Mais non, elle arrivait, sur la pointe de l'orteil, et elle soufflait tout bas un mot, un seul mot, mon nom seul :

— Laurent!

Valdo venait de lever l'archet. Le repas céleste était fini. Comme on secoue de soi les gouttes de pluie, je me secouai pour laisser tomber toutes les belles gouttes de musique, et je courus dans la cuisine.

Elle était claire, elle ouvrait sur la cour par une fenêtre point trop petite. Je vis donc, dès l'entrée, que ma mère avait encore ce visage soucieux, un peu égaré, que je lui avais découvert un soir d'avril et qu'elle préparait en secret depuis bien des jours. Son menton tremblait finement, comme il lui arrivait quand elle était saisie de quelque chagrin, comme il m'arrive à moi, de même, aux instants graves de ma vie. Ce n'est certes pas le menton dur qui tremble, la sévère charpente de pierre, c'est — il me suffit d'y penser avec force pour que s'ébauche le phénomène, — c'est une délicate vibration des muscles, sous la lèvre inférieure.

Ma mère dit, baissant les yeux d'une manière qui ne lui était pas naturelle :

— Tu vas, Laurent, me rendre un petit service.

Sur le bord de la hotte, au-dessus du foyer, étaient rangés des pots de grès. Maman souleva l'un de ces pots.

— Bon, dis-je, c'est pour la farine.

Maman souleva le pot et découvrit un papier. Comme elle était petite, elle avait dû monter sur un tabouret. Elle hésitait à descendre, à me montrer le papier. Elle dit enfin :

— Tu es chaussé, tout prêt. Regarde bien cette adresse, Laurent. Non, ne la copie pas — ajouta-t-elle d'un air effrayé. Non, toi, heureusement, tu as de la mémoire. Tu vas aller à cette adresse et alors...

Elle s'arrêta, mordant sa lèvre inférieure pour contenir ce menton qui tremblait toujours. Mais pouvait-elle contenir le tremblement de ses épaules, de ses bras, de ses mains, de ses doigts marqués par l'aiguille et le feu, le tremblement de cette lettre même sur laquelle je lisais : *Monsieur Raymond Pasquier, 16, rue de Fleurus, Paris.*

Et, soudain, la volonté fit son œuvre. Tout cessa de trembler, les mains, le menton, la voix même et maman dit, l'accent affermi :

— Tu n'oublieras pas, Laurent ? Alors, si la concierge répond : « C'est bien ici », tu diras : « Merci, madame » et tu reviendras.

Maman me congédiait, du geste. Malgré moi, je restais sur place. J'attendais une explication qui vint, péniblement.

— Il ne s'agit pas de ton père, bien sûr ; mais de quelqu'un qui porte le même nom.

— En ce cas, qu'est-ce que ça peut nous faire ?

— Si, si, Laurent. J'ai peur que cela ne nous cause quelque désagrément, car ton père a ouvert cette lettre, par erreur. Tu comprends ?

Je ne comprenais absolument rien.

— Comment l'a-t-il reçue ? Puisqu'elle était adressée rue de Fleurus ?

Mère eut une réponse étonnante :

— Oui, comment l'a-t-il reçue ? C'est ce que je me demande.

Il y avait, dans tous les actes et les mobiles apparents de mon père, un élément qui me demeurait surprenant, une part de mystère, une ombre que je redoutais toujours d'apercevoir et que j'apercevais toujours, en définitive. En avouant ne pas comprendre quelque chose, mère venait de me ramener à l'ordre normal et presque de me mettre à l'aise, puisque l'ordre normal voulait précisément qu'il y eût toujours en mon père quelque chose d'incompréhensible.

Je secouais déjà la tête en signe d'acceptation. Là-dessus, maman, pensant mieux faire, brouilla tout.

— Dépêche-toi, Laurent. Et si, par hasard, ton père rentrait à la maison, ce matin, eh bien, ne lui parle de rien. Il voudrait aller lui-même là-bas...

— Il y est peut-être allé déjà.

Maman fronça les sourcils. Elle suivait une autre piste.

— Si tu le rencontrais, là-bas, ton père, sur le trottoir ou sous la porte... Non, non! Il ne faut pas que tu le rencontres.

Le besoin d'éclaircissement recommençait de me poindre, ce besoin qui m'a tourmenté toute ma vie, ce besoin qui représente sans doute, un philosophe l'a dit, le commencement de toute science.

— Quel mal y aurait-il à rencontrer papa?

— Non! Il n'aime pas que l'on s'occupe de ses affaires. Alors, tu entreras chez la concierge et tu diras : « Est-ce bien ici qu'habite M. Pasquier? » Alors, la concierge te répondra sûrement oui. Tu diras encore : « Un grand monsieur brun, plutôt gros, avec une barbe... »

— Pourquoi?

— Il ne ressemble pas du tout à ton père, ce monsieur de la rue de Fleurus.

— Tu le connais?

Maman fit un faible signe de tête. Elle recommençait de trembler du menton. Une lueur trouble et malheureuse dénaturait son regard toujours si net. Elle coupa court :

— Va, mon enfant.

J'allais poser encore une question. Maman détourna la tête. Elle avait un air honteux et implorant que je ne lui connaissais pas.

— Bien, maman.

Deux minutes plus tard, j'étais dehors et je montais la petite rue des Boulangers. C'était mon chemin familier, celui que je faisais quatre fois par jour pour aller au lycée ou revenir à la maison. Le jeudi est un jour magique, un jour chaleureux, sucré, riche de rayons et de parfums. Mon chemin familier éprouvait, comme tout au monde, l'enchantement du jeudi : à le suivre pour mon plaisir, je ne le reconnaissais plus. Pour mon plaisir? Hélas, ce n'était pas pour mon plaisir que j'allais ainsi, piaffant de dalle en dalle. Un combat s'engageait, au fond de mon cœur, entre un Laurent qui voulait souffrir et un Laurent qui refusait toute souffrance.

La rue du Cardinal — c'est ainsi que nous l'appelions alors, amicalement —, la rue du Cardinal s'ouvrit, qui demande un petit effort et s'achève sur une légère victoire. L'idée me vint, en la gravissant, que j'aurais pu prendre Justin Weill pour m'accompagner dans cette excursion. Je repoussai tout aussitôt une telle idée : j'aimais Justin, mais je sentais avec force que l'histoire de la rue de Fleurus cachait un secret trop purement Pasquier pour qu'on pût y associer qui que ce fût, même... oui, même le Dieu des prières.

Le jardin du Luxembourg me fut ivresse et tentation. Toutes feuilles dehors, il s'ébrouait dans la brise avec une confiance contagieuse. Il me donnait envie de muser au long des bassins, d'asseoir sur chaque banc une philosophie paresseuse, de respirer dans chaque pelouse une savane, une forêt vierge dans chaque bosquet, d'oublier, d'oublier enfin cette rue de Fleurus piquée dans mon loisir comme une épine vénéneuse.

La rue de Fleurus était pourtant là. Elle m'attendait au sortir du jardin. Elle était claire et paisible. Je l'eusse préférée obscure et troublée pour m'y faufiler plus à l'aise. Et, tout de suite, les événements se déroulèrent avec une étonnante simplicité.

La concierge du 16 se tenait debout devant la porte. C'était une personne au visage morose, à l'œil soupçonneux, en somme tout le contraire de ce que j'avais pu espérer.

— Madame, fis-je d'une voix trébuchante, est-ce bien ici qu'habite M. Raymond Pasquier ?

— Hein ? Quoi ? gémit cette dame avec un sursaut de la bedaine.

Le regard qu'elle arrêta sur moi montrait encore plus de curiosité que de hargne. Elle attendit une bonne minute avant de répondre, en sorte que j'eus le temps de reposer ma question.

— Non, non ! soupira la dame en entraînant dans un mouvement des sourcils les mille plis de son visage. Non, je n'ai pas ce nom-là.

Comme je tardais peut-être à m'éloigner, elle répéta, l'air bourru : « Je vous dis que vous faites erreur. »

Cette réponse qui aurait dû me donner tout apaisement, me jeta dans le désarroi. En vain, le jardin du

Luxembourg m'ouvrait ses nobles carrières, en vain les arbres frais vêtus versaient sur mon front, au passage, toutes les senteurs de la sève, le poison infusé dans mon âme commençait d'y tracer son chemin. Muscles ramassés, lèvres closes, je fis un effort douloureux pour appliquer au problème les ressources d'une logique naissante. Cette histoire de lettre était par trop confuse. Qu'il existât un Monsieur Raymond Pasquier autre que mon père, ce n'était pas impossible. Je savais déjà que notre nom était assez répandu. Mais quelle raison pouvait avoir ma mère de s'intéresser à cet autre Pasquier ? Aucune raison raisonnable. Ma mère vivait dans le souci, admirable sans doute mais forcément exclusif, des siens, de ses Pasquier à elle, de son lourd fardeau Pasquier. Et comment aurait-elle pu tenir entre ses mains une lettre adressée à cet homonyme étranger ? Non, non, la lettre ne pouvait être destinée qu'à mon père. Ma mère était assurément incapable de mentir, mais elle pouvait se trouver dans l'obligation de me cacher certaines choses. On ne dit pas tout aux jeunes gens de quinze ans. D'ailleurs elle n'avait pas eu le temps de me donner une explication satisfaisante. Qu'elle fût troublée, cela n'avait pu m'échapper. Oui, troublée et même et surtout malheureuse, inquiète. Nul doute, cette lettre était destinée à mon père. Alors, cette adresse ? Il n'y avait aucune surcharge, le timbre était normalement oblitéré. Mon père avait donc reçu cette lettre rue de Fleurus. Or, on ne l'y connaissait pas. Du moins cette femme, cette concierge le disait. Cette femme devait mentir. Et qu'aurait donc fait mon père dans cette maison inconnue ? A poser cette dernière question, je sentis une douleur précise. Je devais mettre le doigt sur le siège exact du mal. Oui, que pouvait faire mon père dans cette rue de Fleurus, loin de sa maison, de son foyer, de son clan ? De se trouver localisée, la question n'était pas éclaircie. Toute une part de la vie de mon père m'échappait, ce qui n'est pas étonnant quand un homme travaille hors de chez soi, et durement. Ce qui ne m'échappait guère moins, c'était le véritable caractère de mon père. Il m'était impossible de prévoir quoi que ce fût de ses gestes et de ses propos. Plus justement, je pouvais prévoir avec certitude que mon père, toujours, dirait et ferait quelque chose d'imprévu, d'alarmant, d'un peu extravagant et terrible.

Le beau jardin était loin, abandonné, renoncé, malgré ses séductions et ses parures. Tout en contournant le récif du Panthéon, je ruminais une question que je devais me poser mille et mille fois par la suite, une question que je sentais déjà familière à toutes mes fibres : « Allons! Qu'est-ce qu'il y a encore? Qu'a-t-il encore inventé? » Oui, telle était la question qui, plus ou moins bien formulée, s'élevait du fond de mon cœur quand je voyais maman serrer les lèvres jusqu'à les vider de toute couleur, ou quand papa préludait en public à quelqu'une de ces colères théâtrales qui avaient fait, qui faisaient encore la terreur du clan. C'était bien la question que nous nous posions tous avec plus ou moins d'appréhension quand l'homme énigmatique rentrait à la maison, le regard pâle et la moustache érectile. Nul doute, le lendemain, le soir même, nous allions apprendre quelque nouvelle renversante, une inextricable aventure d'argent, une fâcherie désastreuse, un échec querelleur, un conflit, une défaite sur un terrain que nous ne pouvions pas, d'avance, imaginer.

Le tourment marche vite, j'étais déjà rue Guy-de-la-Brosse, déjà dans le noir de l'escalier. A peine eus-je besoin de frôler la porte : ma mère devait attendre et fit aussitôt jouer la serrure. Elle dit à voix basse :

— Eh bien?

— On ne connaît personne de ce nom-là, fis-je. La concierge l'a bien répété : personne.

— C'est bon, fit ma mère, déçue par la pauvreté du renseignement. Merci, Laurent.

Après quel détour les musiciens se trouvaient-ils ramenés à leur point de départ, je ne pouvais pas le savoir, mais le même chant remplissait encore l'espace de notre maison.

Je passai dans la chambre et m'allongeai sur le lit de Joseph. Je venais de prendre une résolution qui m'apportait un peu d'allégement. Il me fallait, coûte que coûte, connaître le contenu de cette lettre, la lettre sous le pot de farine...

Je passai là dix minutes et sentis bientôt que la musique allait reprendre son empire. Seulement, cet air lent, méditatif qui, une heure plus tôt, signifiait un petit morceau de ciel, un nuage, une fenêtre, un visage de malade, une fleur désespérée, ce même air, maintenant, chantait l'angoisse d'un enfant dans un jardin de Mai, les fureurs d'un homme au regard de glace, la détresse d'une femme vieillie dont tremblait, tremblait, tremblait le menton. Hélas! Je n'étais pas pur. La musique, pour moi, ne serait jamais la sublime nourriture céleste, ou, comme aimait à dire Valdemar, « la société de Dieu et c'est assez et c'est tout ». La musique ne serait jamais que ma fidèle compagne de souffrance.

Là-dessus le chant prit fin. J'entendis que Valdo remettait son violon dans l'étui. Puis il entra dans ma chambre pour regagner la porte du palier.

— Tu étais là! s'écria-t-il. Ah! Sournois! Ah! Espion!

Tout de suite, il me prit par le bras.

— Monte à l'atelier. Il faut que les rêves changent d'air. Viens saluer Mme Henningsen.

La mère de Valdemar avait quelque peu de fortune, mais elle jouissait d'une certaine renommée comme peintre de miniatures et ne dédaignait pas de mettre à profit son talent. C'était une femme assez grande, belle encore, malgré les poudres et les crèmes dont elle faisait un usage intempérant. Elle portait, rabattue jusque sur les sourcils, cette frange de cheveux qu'on appelait, je n'ai jamais su pourquoi, « des chiens ». De grands yeux travaillés au crayon bleu, ce qui ne se voyait guère alors, dans la société bourgeoise. Au col, un nœud de ruban noir. Des peignoirs à volants, à franges, à dentelles qui l'environnaient d'une nébuleuse mouvante. Fait notable, elle fumait, ce qui scandalisait les petites gens de la maison. Nous avons pu vérifier plus tard qu'elle était française ; mais elle parlait avec un accent étranger, indéfinissable, savoureux d'ailleurs et qui jetait un voile plaisant sur ses libertés de langage. Elle avait, enfin, ce genre artiste copié depuis par une part de la société mondaine, mais avec lequel nous n'étions encore nullement familiarisés.

Nous la trouvâmes au travail, devant la fenêtre, de grosses lunettes sur le nez, une pointe de langue au coin des lèvres, palette et pinceaux aux doigts. Elle inclina la tête à droite, à gauche, considéra son ouvrage en faisant la moue, puis se tourna vers moi avec cet air de hauteur cordiale qui lui était naturel.

— Il n'a pas l'air trop gai, ton jeune copain, dit-elle en allumant une cigarette.

D'une bourrade, Valdemar venait de me pousser sur un divan drapé de cachemire poudreux.

— C'est, dit-il, un enfant triste. C'est un jeune homme qui voit des choses dans la musique, ni plus ni moins que le grand Gœthe.

— Valdemar! fis-je, la voix tremblante. Tais-toi! Tu ne peux pas comprendre.

— Vraiment? soupira Mme Henningsen. Et qu'est-ce qu'il ne peut pas comprendre, notre monstre de Valdemar?

— Vous non plus, fis-je en baissant la tête.

— Quoi? Moi non plus? Voyez-vous ça? Et qu'est-ce que c'est donc?

Je secouai les épaules avec embarras et dis tout bas :

— La tristesse.

Mme Henningsen retira sa cigarette de ses lèvres et se prit à me flatter la joue du revers de ses doigts.

— Pff! Pff! Petite merde! murmura-t-elle avec un souriant mépris, mais d'une voix caressante.

C'était beaucoup trop pour une seule matinée. Je me mis à sangloter, la tête entre les genoux.

CHAPITRE VII

SOMMEILS, MALICES ET MORSURES DE L'ARGENT. VANITÉ DES CHICANES TESTAMENTAIRES. LE CAPITAL MUTUEL. LE THÈME DU DIPLOME ET LE THÈME DE L'EMPRUNT. UNE HEUREUSE NOUVELLE. LE SOUVENIR DE TANTE CORALIE. L'ORDRE NATUREL DU MONDE PARAIT ÉBRANLÉ.

Parfois l'argent s'endormait. Pendant quelques jours, quelques semaines, on cessait d'en parler. Nous, les enfants, nous cessions même d'y penser. La nourriture se trouvait disposée sur la table aux heures habituelles, les chaussures montraient au pavé des semelles suffisamment saines, les vêtements rallongés, retournés, rapiécés, repassés, faisaient encore bonne contenance. Sans doute, mère veillait-elle aux rafales. Nous savions bien qu'elle devait observer les alentours, interroger le vent et les étoiles, faire, dans le silence des nuits, maintes supputations prudentes. Mais elle n'en disait rien et nous nous laissions aller au bonheur de vivre comme les personnes pour qui l'argent n'est pas une plaie saignante.

Ces périodes bénies ne duraient jamais bien longtemps. Le démon de l'argent surgissait à l'improviste et nous plantait ses crocs dans la chair vive. Pendant bien des jours, cette douleur secrète était notre principale pensée.

Pour les gens que nous étions alors, on ne saurait

parler de fournisseurs, de mémoires... Les grosses dettes sont un privilège de la fortune. Il s'agissait toujours, pour nous, d'une multitude humble et pressante de petits problèmes. Il fallait penser aux billets que l'on avait signés, c'est-à-dire écartés pour trois mois, pour six mois et qui revenaient presque tout de suite à l'offensive, car trois mois et même six mois, cela passe incroyablement vite au milieu des soucis. Il y avait les traites harcelantes des achats dits à tempérament : on payait ainsi les livres de père et même le linge et beaucoup d'autres choses. A dates fixes — mais rien n'est plus fantasque et même inattendu qu'une date fixe —, arrivaient les quittances du loyer et les feuilles de contributions qui changeaient vite de couleur. Il y avait aussi les intérêts du *Capital mutuel*. Et cela vaut un mot d'explication.

Nous possédions, nous, les enfants, Suzanne exceptée, car elle était née trois ans trop tard, nous possédions chacun par héritage la nue-propriété d'un petit titre de rente dont notre mère était usufruitière. J'ai raconté, dans un précédent récit, comment une tante de ma mère avait pris ces dispositions compliquées dans le dessein d'empêcher notre père, qu'elle n'aimait point, de dilapider un si modeste patrimoine. J'ai, pendant longtemps, comme tout le monde, à la maison, jugé de telles mesures chicanières et même cruelles. Plus tard, je les ai trouvées prudentes et même sages. Aujourd'hui, je sais qu'elles étaient, qu'elles sont toujours inutiles. Le testateur le plus habile ne peut compter avec tous les détours de la loi, ni, surtout, avec les aventures de la société : guerres et faillites des États. Mais quoi! il est dans l'esprit des Français d'ordonner obstinément cet avenir qui leur échappe sans cesse.

Nous ne devions, nous, les enfants, nus-propriétaires, entrer en possession complète de nos titres qu'après le décès de notre mère, éventualité à laquelle nous ne pensions jamais. Or, quand Joseph atteignit sa majorité, mon père, pressé d'argent, comme toujours, finit par découvrir une société financière nommée le *Capital mutuel* qui s'offrait à prêter, sur le titre de Joseph, avec le consentement de l'usufruitière et de

Joseph lui-même, une somme représentant à peu près le tiers de la valeur, soit quatre mille francs. Ce prêt portait intérêt à six pour cent et cet intérêt était payable par trimestre. Ces échéances exaspéraient mon père : il admettait difficilement qu'on eût à payer quelque chose au sujet d'une somme disparue très vite et sans laisser de trace appréciable. Je dois ajouter, pour en finir avec cet épisode, que Joseph consentit sans détour à cet emprunt, car il observait encore la discipline du clan, mais que, bien des années plus tard, quand je fus majeur à mon tour, il me fit signer un papier par lequel je reconnaissais ma part dans cette dette si la somme ne se trouvait pas remboursée par nos parents — et il n'y avait aucune apparence qu'elle le fût jamais — et devait venir en déduction sur la vente finale du titre. — Je reprends sans le juger le jargon de cet écrit. — Est-ce tout ? Non, certes, mais j'abrège. Ces affaires ont été fortement embrouillées par les emprunts que nous avons dû contracter, dans la suite, sur les titres de Ferdinand, sur le mien, sur celui de Cécile. Heureuse Suzanne qui, n'ayant rien reçu, fut exemptée de ces misères !

Dès l'année 95, on parlait déjà d'un emprunt sur le titre de Ferdinand. Cet emprunt, papa l'envisageait comme indispensable à l'établissement qu'il devrait faire, après l'obtention de son diplôme. Le thème de l'emprunt et le thème du diplôme alternaient dans les hymnes que nous chantions à l'avenir. Il y avait, dans les efforts de mon père, une part de désintéressement sincère : il désirait la science d'abord pour elle-même ; l'orgueil et l'argent ne jouaient pas le premier rôle, en principe ; mais l'argent, le cruel argent finissait toujours par venir à l'avant-scène. Je n'en ai que mieux compris, plus tard, la passion désespérée avec laquelle une noble génération de savants a tenté de purifier le savoir de toute souillure d'argent. Encore faut-il dire qu'au siècle dernier, si la science pouvait proclamer le désintéressement de ses œuvres, elle supposait à l'origine un sacrifice au dieu rapace. Les fruits de la science étaient parfois gratuits, ses racines ne l'étaient pas.

Revenons rue Guy-de-la-Brosse. Les thèmes du

diplôme et de l'emprunt étaient les plus fréquemment développés ; ils n'étaient pas les seuls. Papa disait parfois, l'œil au plafond : « Encore quatre ans, et nous toucherons la part de Mathilde. Vingt mille francs ! C'est invraisemblable ! Il arrivera, cet argent, quand nous n'en aurons plus besoin, car, à ce moment-là, je gagnerai largement notre vie. »

Un instant de silence, et l'offensive se précisait : « Quatre ans ! Et c'est aujourd'hui que nous avons besoin de cet argent. Eh bien, je suis sûr que le *Capital mutuel* nous prêterait quelque chose là-dessus. »

Ce que nous appelions la part de Mathilde, c'était un morceau d'héritage qui devait revenir à ma mère d'une de ses sœurs, disparue dans un tremblement de terre, à Cusco, en 1869. Faute d'acte de décès, il avait fallu, il fallait — conformément aux dispositions légales — attendre trente ans cet argent qui nous demeurait destiné. Supplice de Tantale. Que mon père y pensât et, tout de suite, il grattait furieusement le bois de la table avec ses ongles, geste affreux qui me faisait mal aux dents.

— Ram ! soupirait maman. Ram ! Raymond ! Ne parlons pas de cet argent. Tu m'as promis de n'en plus parler jusqu'à ce que le moment soit venu. Si nous continuons comme ça, nous n'aurons mangé que des fruits verts.

L'œil de mon père lançait une lueur de glace :

— Je suis assez grand garçon pour parler de ce qui me plaît.

Malgré tous ces calculs, ces espoirs et ces déboires, malgré les emprunts, les échéances, les encaisseurs et le papier timbré, malgré toutes ces douloureuses misères, il y avait, je le répète, des moments bénis pendant lesquels l'argent s'endormait, au fond de notre vie, comme une douleur lasse d'elle-même.

Or, le soir du jour où j'avais poussé, rue de Fleurus, ma première reconnaissance, notre dîner fut troublé par un extraordinaire caprice du démon familier.

Papa venait de rentrer pour souper. Il s'assit et posa sur la toile cirée de la table deux ou trois enveloppes. Il commença de manger, fendit une enveloppe, en saisit une autre et dit : « Ah ! Lucie, une lettre pour toi. » Il ouvrit la lettre aussitôt, car il était le maître souverain. Il l'ouvrit donc et dit : « En voilà une surprise ! »

Mère avait, ce soir-là son visage le plus triste. Ce visage, aussitôt, se tordit, pâlit un peu. Elle murmura :

— Qu'est-ce que cela peut être, mon Dieu !

Père souriait :

— Une bonne nouvelle, Lucie ! C'est incroyable et c'est pourtant vrai : une bonne nouvelle !

Mère secouait lentement la tête. Elle n'avait pas confiance.

— Je dis : une bonne nouvelle ! répéta notre père. Tu as bien assez pleuré ta tante Coralie, tu peux prendre la chose comme elle vient. Coralie, elle, était une excellente femme. Elle n'avait que peu, et en viager, c'est sûr. Comment s'y est-elle prise pour mettre ça de côté ?

— Mais quoi ? fit maman d'une voix défaillante.

Papa tournait et retournait le papier.

— Dix-huit cents... Oui. On ne sait jamais avec ces gens de loi. Mais oui, dix-huit cents. Ta tante Coralie a dû faire des prodiges d'économie.

Mère avait enfin tendu la main et saisi le papier. Elle le regardait d'un œil sagace et rougissait par flots successifs.

— C'est incroyable, reprit papa. Quand on attend l'argent, il ne vient pas, et, quand on ne l'attend pas, il tombe.

Il y eut un moment de profond silence. La petite Suzanne but à perdre haleine, reposa son gobelet en soupirant « hon ! » et nous montra ses beaux yeux que l'effort noyait de larmes.

Maman ne regardait pas Suzanne. Elle ne regardait même plus le papier. Les paupières baissées, elle semblait tout occupée à mettre de l'ordre dans ses traits et dans ses pensées.

Des trois tantes de ma mère, Coralie avait été la plus pauvre. Elle venait d'achever ses jours dans une maison de retraite. Et cette petite somme épargnée sou par sou, elle l'offrait, sans détour, sans condition, comme le suprême présent d'une tendresse très vieille mais non pas impuissante, mais non pas stérile.

Papa, le premier, se libéra des images sentimentales.

— Il faut, dit-il, reconnaître que ça tombe à pic.

Le visage de ma mère, petit à petit, perdait toute couleur. Elle ne répondit rien.

— Tu me donneras une signature dès demain, poursuivit notre père d'une voix allègre. Et je ferai le nécessaire.

Comme le silence de maman se prolongeait, père dit encore :

— Je ferai le nécessaire sans tarder. Et l'on peut dire que ça tombe à pic : mes examens viennent dans un mois.

— Je croyais, dit maman sans lever les yeux, je croyais que tu n'avais plus d'examens avant l'automne.

— Oh! ce sont des examens supplémentaires et dont je ne t'avais même pas parlé pour ne pas t'inquiéter.

Mère dit avec effort :

— Si nous n'avions pas reçu cet argent de tante Coralie, tu t'en serais forcément passé, Ram...

Cessant tous de remuer la fourchette et même les mâchoires, nous écoutions, stupéfaits, ce dialogue si simple. Tous les mots en étaient prononcés avec grand calme d'une part, avec bonne humeur de l'autre ; pourtant nous sentions qu'un événement sans exemple se développait dans la profondeur du clan Pasquier. Papa souriait. Un sourire inquiétant qui lui retroussait la moustache et montrait une canine.

— Raymond, dit maman de plus en plus bas, c'est une chose que nous n'attendions pas, à laquelle nous ne pensions pas il y a une heure, une chose avec laquelle tu n'avais pas compté...

— Alors ?

— Alors laissons cet argent en repos. J'en aurai besoin pour les enfants.

La petite Suzanne elle-même s'était tue, frappée de notre silence. Nous, les trois grands, nous attendions quelque dénouement effroyable : l'éclair et la foudre, une tempête sur Paris, un tremblement de terre et, qui pouvait savoir ? des choses plus directes : notre maison allait se fendre avec un craquement tragique ; nous allions peut-être tous rouler par terre, en proie au mal caduc. L'ordre du monde était bouleversé : maman venait de refuser quelque chose à notre père. Cela s'était passé le plus doucement du monde, mais c'était accompli.

A la pointe de l'ongle, papa grattait une tache, sur la toile cirée. Tous les poils de sa moustache se dressaient, l'un après l'autre. Il attachait sur maman son œil distrait, toujours souriant du même sourire terrible.

Au bout d'un long temps, notre mère leva les paupières. Elle regarda papa, posément, d'une manière si tranquille et si triste que, soudain, l'homme invincible courba la tête.

Et je fus alors bien sûr qu'un monstre inconnu s'avançait à travers notre vie et qu'il allait tout écraser, tout broyer, tout déchirer.

CHAPITRE VIII

Je vais essayer de retracer avec ordre et si possible
avec sobriété les événements du lendemain.

Je dormis mal et m'éveillai de très bonne heure.
Comme chaque jour, j'entendis maman errer de
chambre en chambre, puis sortir pour aller chercher
le pain. Quand elle eut tiré la porte, ce qu'elle faisait
toujours bien doucement, je sautai du lit et fis quelques pas sur la pointe des pieds.

Nous vivions tous si près les uns des autres qu'il
nous était impossible de risquer un geste inhabituel
sans qu'il fût remarqué. Ferdinand soupira :

— Où vas-tu ?

Je haussai les épaules et gagnai le vestibule. Une
seconde après, j'étais dans la cuisine et, juché sur
un tabouret, je soulevais le pot de farine. La lettre
était là. Je la saisis, la pliai rapidement et, comme
j'étais en chemise de nuit, force me fut de garder la
lettre pliée dans le creux de ma main. A ce moment,
la voix de mon père retentit de l'autre côté de la
cloison.

— C'est toi, Laurent ?

Il était décidément impossible de faire un pas sans
être épié. Une seule retraite s'offrait où je pouvais
espérer au moins cinq minutes de calme. J'en écartai
tout aussitôt l'image comme trop peu noble et même
trop peu sûre, car la porte se verrouillait mal.

— Qu'est-ce que tu fais, Laurent? reprit mon
père.

— Je venais voir l'heure au réveil.

— Encore un quart d'heure. Va te coucher.

Je passai ce quart d'heure, immobile, sur le dos,
la lettre serrée, moite, un peu ramollie dans ma paume.
Je m'habillai de mon mieux sans ouvrir la main
droite. Ferdinand dit :

— Qu'est-ce que tu as à la main? Tu es blessé?

Je sentis de plus en plus douloureusement à quel
point nos vies se compénétraient et, pour la première fois, j'en souffris. Je glissai la lettre dans ma
poche. L'idée que je pouvais la faire tomber en tirant
mon mouchoir me rendit très malheureux.

Le déjeuner fut rapide. Père avait l'air sombre,
distrait. A deux ou trois reprises, il poussa ce long
soupir à vocalises que je devrais appeler le soupir de
l'argent. Ferdinand partit bientôt, la dernière bou-
chée dans la joue. Cécile se mit au piano. Je ne sais
trop où rôdait la petite Suzanne. J'avais encore une
demi-heure devant moi. Je dis à maman : « Veux-tu
me faire réciter ma leçon? » Et, sans attendre la
réponse, je lui posai sur les genoux mon *Virgile* grand
ouvert.

En ce temps-là, nous apprenions beaucoup de vers
latins par cœur. Maman n'entendait certes pas le
latin ; mais elle me faisait répéter mes textes et me
reprenait, quand il le fallait, avec beaucoup d'application.

Je commence donc :

    Idcirco certis demensum partibus orbem
    Per duodena regit...

Maman m'entraîne dans sa chambre et ferme la
porte pour que les gammes de Cécile ne nous assour-
dissent point. Maman a posé mon livre sur le lit. Ainsi,

les doigts libres, elle recoud un bouton, le bouton, l'éternel bouton qu'elle recoudra sans fin jusque dans le séjour des morts. Moi, j'ai la main dans la poche de mon pantalon. Je sens la lettre et, d'y penser, j'en bégaie parfois.

et... t... t... torrida semper ab igni...

Cécile joue. Je récite. Maman, de temps à autre, aspire la salive entre ses dents. La maison est paisible, comme aux meilleurs jours. Eh bien, non, la maison n'est pas paisible. Papa marche, dans le vestibule, dans ma chambre, je ne sais où. Il marche autour de nous et son pas signifie la colère. Je le connais, ce pas sec, jamais défaillant et qui trahit tous les mouvements de la pensée. La colère de mon père tourne autour de nous comme une bête sauvage qui chasse. Je ne suis pas seul à le sentir. Ma mémoire trébuche : « *Obliquus quâ... quâ... verteret ordo.* » J'ai dû passer quelque chose d'essentiel et maman ne l'a pas remarqué.

A ce moment, Cécile, rafraîchie par ses exercices préliminaires, commence de jouer une étude pour main gauche, de Chopin, cette étude où se répand une plainte si fière. Je ne sais pas, je ne peux pas savoir, en cet instant, que cette plainte va s'enfoncer dans mon être et qu'elle n'en sortira plus jusqu'à la fin des jours.

Mundus ut ad Scythiam Rhipaeasque...

Il s'agit bien du pays scythe et des confins du monde. Papa vient d'entrer dans la chambre. Il dit :

— Où est ma veste bleue ?

— A sa place, Raymond. Je l'ai brossée hier soir.

Papa sort encore une minute et revient. Il n'est ni pâle ni rouge. La colère ne le défigure jamais : c'est une affaire du regard, du poil et de la voix. Le regard devient très clair, presque blanc, la voix s'enfle, la moustache se dresse. Rien de plus, et c'est effrayant.

— Il y avait des papiers dans la poche de cette veste. Il y avait une lettre. Je ne la retrouve pas.

Maman s'est levée. Elle n'est pas de grande taille, au contraire ; mais elle se tient très droite. Elle est nette, parfaitement propre et soigneuse dans son vêtement. Elle regarde père avec un calme que j'admire et elle dit :

— Je vais chercher cette lettre.

Elle sort de la pièce. Que dois-je faire ? Que puis-je faire ? C'est pourtant la minute de faire quelque chose. Je vais crier : « La lettre est dans ma poche ! » Hélas, non, je ne vais pas crier une chose telle. Impossible ! Impossible !

J'entends ma mère qui, dans la cuisine, déplace les objets. Elle doit être émue, malgré sa fermeté. Elle tarde à revenir. Évidemment, elle ne peut pas trouver la lettre, puisque cette lettre est dans ma poche. Je pourrais me glisser dans la cuisine. Absurde ! Père me tient sous son regard. Ah ! Cécile arrive au plus beau de son étude. Le plus beau, le plus cruel aussi. La voix est si basse, si désolée. Elle soupire : « Jamais, jamais plus... »

Et maman qui ne revient pas. Mon père arrête sur mon visage un regard que je ne peux soutenir. Si j'osais le regarder bien en face, une longue minute, je comprendrais peut-être quelque chose de lui. J'oserai, un jour, j'oserai. Il piaffe, comme un cheval ombrageux. Et soudain, il jure, il jure sourdement dans les poils de sa moustache. Je connais ses jurons ordinaires. Mais, oh ! oh ! Est-ce possible ?

Mon père a prononcé, distinctement, avec force, un mot énorme, un mot qui m'entre dans la tête comme une balle explosive. Et, juste, Cécile en est à chanter la phrase la plus noble, celle qui serre le cœur. Eh, quoi ! Ce chant et ce mot vont-ils être confondus, enfoncés l'un dans l'autre pour toujours ? C'est monstrueux. Mon père lâche le mot une seconde fois. Quel mot ! Il me fait une profonde horreur. Ce n'est pas vrai ! De telles choses, de telles maisons n'existent pas ! Ce sont des inventions de cervelles malades ou d'enfants vicieux. Et pourtant, si mon père connaît aussi le mot, s'il le prononce...

A ce moment, un grand bruit dans la cuisine. Maman vient de casser un pot, le pot de farine, sans doute. Elle ne peut retenir un gémissement. Elle revient. Elle se dirige tout droit vers le lit et saisit le *Virgile*. Aussitôt, papa :

— La lettre ?

Cette fois, maman est à bout de force. De ses lèvres si blanches, elle dit, mais on l'entend à peine :

— Je ne sais pas.

— Comment ? Tu ne sais pas ? L'as-tu vue ?

— Oui.

— Tu l'as lue peut-être ?

Plus bas encore, maman répond :

— Oui.

— Tu es bien avancée. Et maintenant, rends-la-moi.

— Je ne sais plus, Raymond. Je ne sais plus ce qu'elle est devenue.

Il faut crier la vérité, sortir cette lettre de ma poche. Mais je ne peux pas : je suis paralysé par la honte et la peur.

— Encore une fois, Lucie, rends-moi cette lettre.

Maman est debout contre le lit. Elle pose le *Virgile* et ouvre les deux mains en un mouvement de sincérité qui devrait désarmer le diable.

Papa dit :

— Encore une fois !

Et soudain, il se détend, comme un ressort prompt et précis. La chambre est si petite qu'il n'a guère plus d'un pas à faire. Il fait ce pas, et il fait, très vite, un autre geste que je ne peux dire, auquel, après plus de trente-cinq ans, je ne peux même pas penser sans un tremblement.

Maman a levé le bras, comme font les enfants. Elle ne recule pas, à cause du lit. Elle respire d'une manière extraordinaire, rauque, épouvantable. Oh! que Cécile se taise! Que Cécile s'arrête! C'est trop horrible!

Mon père a soudain l'air de m'apercevoir. Il prend le *Virgile*, me le tend et gronde :

— Tu es là, toi! Tu es là! Mais qu'est-ce que tu fais là ? Vite, vite, au lycée!

Je n'avance pas la main. Je ne sais ce qui va se passer. Je vais peut-être bondir, peut-être mordre. Que signifie tout cela ? Nous étions, hier encore, heureux et paisibles. Mes dents? Elles grincent. C'est la colère! Moi aussi, je connais la colère. Je regarde avec haine l'homme que j'aime et admire le plus au monde, l'étonnant, le grand, le père!

Alors il me place le livre entre les mains et me pousse vers la porte. Il dit, d'une voix déjà calmée :

— Mais, va-t'en! Va-t'en donc!

Et je m'en vais. Comme je suis faible et lâche! Ma colère, elle aussi, vient de tomber. Ressemble-t-elle tant à celle de... Non! je ne dirai pas père, je dirai lui, je dirai l'autre, je dirai n'importe quoi sauf père, sauf papa.

Je suis dans l'escalier. Impossible de lire cette lettre : on voit trop peu clair dans ce maudit escalier.

Au bas de l'escalier, il y a Justin Weill. Que faire? Justin m'attend, comme chaque jour. La lettre restera dans ma poche. A force d'y porter la main, je vais peut-être la déchirer, cette lettre.

Nous montons la rue des Boulangers, la rue du Cardinal. Justin babille. Je parle soudain, d'une voix altérée — mais, vraiment, impossible de me contenir.

— Tu sais comment on appelle ces maisons où les hommes vont, la nuit, pour faire certaines choses avec les femmes?

Justin s'arrête et me regarde fixement.

— Oui, bredouille-t-il. Bien sûr. On dit...

— Ne le dis pas! Ne le dis pas! Ce que je peux t'assurer, c'est que de telles maisons existent. C'est incroyable, mais c'est vrai. Tais-toi, Justin. Au nom de notre amitié, tais-toi!

Justin me donne une grande preuve d'amitié : il se tait.

Voici le lycée, la foule des camarades, la classe. Heures épouvantables. Je récite :

Mundus ut ad Scythiam Rhipaeasque...

— Pasquier, dit M. Cortaillod, notre professeur, Pasquier, je vous prie de retirer la main de votre poche quand vous récitez.

Je retire la main de ma poche. Dans le creux de cette main, je tiens la lettre pliée en quatre. Quelle

imprudence! Tant pis! Si M. Cortaillod me disait :
« Montrez-moi donc ce papier », eh bien, je mangerais
le papier et je me tuerais avec mon canif.

M. Cortaillod ne demande rien. La classe languit.
Et voici le retour et encore Justin.

Je ne rentrerai pas à la maison sans savoir. Au coin
de notre rue, je laisse filer Justin et je m'élance, regardant à droite et à gauche. Deux pas, dix pas, cent pas
et c'est le Jardin des plantes. Il y a de bons endroits
du côté des cèdres. Il y a même un banc de pierre.
Enfin, j'ouvre la lettre, la lettre, la lettre!

Une écriture inconnue. Vingt lignes à peu près
incompréhensibles où il est question de Rambouillet
et de la rue de Fleurus. On appelle papa Raymond
et on lui dit « tu ». C'est signé d'un S. Il y a un post-
scriptum : « Jusqu'au 25, le mieux est de m'écrire
à l'adresse suivante : Madame Solange Meesemacker,
rue du Hasard, à Rambouillet. »

Vingt fois, je retourne entre mes doigts cet inerte
papier. Il est plus de midi. Le Jardin est silencieux.
Deux tourterelles roucoulent dans le feuillage. C'est
comme si elles parlaient avec des mots. Je ne peux
pas m'empêcher d'y penser. J'entends :

> *Viens, mon cher... amour !*
> *Viens, mon... amour !*

La voix s'arrête un peu, d'abord après la seconde
syllabe, puis après la troisième. *Mundus ut ad Scythiam Rhipaeasque...* Meesema, Meesemacker. Oh!
Tout cela ne s'accorde pas ensemble. Comme je suis
fatigué!

CHAPITRE IX

Une période vient maintenant, noire, désordonnée, devant laquelle je sens toute méthode infirme. C'est un nœud de souvenirs, un nœud que je ne pourrai ni débrouiller, ni trancher.

Le grand piano est là. Il est tombé dans notre vie comme un monstre. Je n'étais pas à la maison quand les hommes l'ont apporté. Je me demande par quel stratagème ils ont pu l'introduire et l'installer au plus profond de notre repaire. La salle à manger en paraît suffoquée. On a transporté les chaises dans la chambre des garçons. Le lit pliant de Cécile et la table sur laquelle nous mangeons sont refoulés dans l'ombre des angles. On circule à travers la pièce comme entre les récifs d'un archipel. Le grand piano règne. Il nous a fait, quelque temps, oublier tous nos soucis.

Ferdinand qui ne peut, à cause de sa myopie, voir en entier un objet de cette importance, Ferdinand a considéré le piano, morceau par morceau. Il a étouffé un petit rire nasal et il a dit :

— C'est excessif.

Ferdinand n'a pas formulé d'autres critiques : il respecte jusqu'aux plus obscures volontés du clan.

Maman a réprimé de son mieux un regard d'étonnement et d'inquiétude. Maman est malade. Elle cesse parfois de travailler, s'assied sur une chaise et reste là deux ou trois minutes, attentive au cheminement d'une douleur.

Notre père a regardé l'hôte encombrant et il a murmuré : « C'est bien. » Il n'aime point la musique, du moins notre musique, celle de Cécile, celle de Valdemar. N'importe! Il sent que la musique est nécessaire à cette vie supérieure dans laquelle il faudra pénétrer, un jour, de gré ou de force. Mon père... Pendant plusieurs jours, je ne l'ai pas regardé en face. Pour n'avoir pas même à lui répondre quoi que ce soit, je multiplie les ruses. Un matin de la semaine passée, je l'ai baisé sur la joue, je lui ai mis les mains sur les épaules. Nous ne savions ni l'un ni l'autre que c'était la dernière fois, oui la dernière fois que je l'embrassais de franc cœur.

Cécile s'est assise devant le grand piano, sans émotion visible, avec un léger sourire hautain, ce même sourire qu'elle montrera plus tard quand elle jouera pour les derniers empereurs du monde. Cécile mesure son destin, dès cette époque, avec un sang-froid presque effrayant.

Valdemar est à peine plus véhément que d'ordinaire. Il ouvre un peu le volet de l'instrument et dit :

— Doucement! Doucement, mademoiselle. Il faut posséder une grande puissance et ne s'en servir presque jamais. Voilà le mystère de l'art.

Pendant qu'elle joue, il regarde Cécile et me dit :

— Moi, je grimace. Elle, Cécile, ne grimace jamais. C'est la servante des Dieux. Elle porte le signe. Il y en a qui montrent le blanc de l'œil, avalent leurs joues, plissent le front, lèvent les sourcils. Non, non, je te dis que cette fille est consacrée. Regarde : elle ne vieillit pas d'un pli, dans les passages difficiles ; elle n'ouvre pas la bouche, elle n'a pas l'air d'avaler de travers, de manquer de respiration ou de retenir une envie de pleurer. Elle verse le breuvage des Dieux. Et c'est tout et c'est assez.

J'aime Cécile, ma sœur. Les paroles de Valdemar devraient me combler d'orgueil. Mais non. Je suis trop malheureux pour me réjouir dans le ciel de Cécile.

J'erre dans le Jardin des plantes. Il fait froid. Le printemps s'est retiré de nous. Qu'une heure me soit donnée pour mon loisir et je viens chercher refuge au Jardin des plantes, comme si je n'avais plus confiance dans les retraites du clan. C'est vrai, je n'ai plus confiance : on a brisé les tables de la loi. Notre chef, notre maître est maintenant sacrilège. Nous l'admirions, nous le regardions de tous nos yeux avec une tendresse effrayée. Comme le héros qui répond aux sollicitations de la sphynge, comme le chevalier qui combat pour l'amour d'une relique, notre chef, notre maître, depuis bien des saisons, travaille à la conquête de la science. Un jour futur, il sera sûrement un savant. Il est déjà presque un savant : il sait tant de choses étonnantes. Il nous a mille fois expliqué le grand principe : quand les hommes seront moins ignorants, le monde sera moins malheureux. Notre chef, notre maître vient de faire plusieurs choses qu'il est impossible d'estimer sages ou même raisonnables, car elles sont telles qu'on aimerait mieux n'y point penser. Et puis, lui, qui ne peut nous souffrir un mot grossier, il a dit... Tout cela est incohérent, incompréhensible.

Je marche dans les allées du Jardin et, de minute en minute, je m'arrête pour observer un insecte ou une herbe. Comme je suis distrait! Je ne peux même pas songer à ma douleur avec persévérance.

Pour la rue de Fleurus, je sais à quoi m'en tenir. J'ai relu la lettre dix fois, pesé les choses point par point. J'ai compris, parfaitement compris : je ne suis pas à ce point naïf. Certains détails me restent obscurs et il n'y a malheureusement près de moi personne à qui je puisse m'ouvrir d'un secret si pesant, si terrible. Je dis terrible et ce n'est pas exagéré. Depuis que je sais ce que je sais, la maison est comme gâtée, ou plutôt, j'y songe comme à une pomme véreuse. D'ailleurs, en ce qui concerne la rue de Fleurus et cette dame S. M., j'ai mon idée, mon plan. J'ai conservé la fameuse lettre. Personne jamais ne me l'arrachera, même pas maman. Qu'a donc maman ? Elle est malade. Elle « couve quelque chose ». C'est ainsi qu'elle dit quand elle nous voit l'œil un peu luisant.

Je me promène dans les allées du Jardin désert. Parfois, pour empêcher mes mains de s'envoler, je les enfonce dans mes poches. Mon agitation est grande. Je suis dans ma quinzième année. On m'appelle « jeune homme ». Je suis un adolescent. Eh bien, pitié pour moi ! Pitié pour tous les adolescents du monde ! Je ne suis pas heureux. Tout, en moi, est discordance et combat. Mon cœur est d'un enfant, mais j'ai la voix grave d'un homme, les mains, les pieds, les muscles d'un homme. Le poil commence à me pousser aux joues, et pourtant, comme un très petit garçon, j'ai parfois envie d'un gâteau, d'un bonbon. Il paraît que je ne sais rien de la vie et l'on baisse encore la voix pour parler de certains sujets en ma présence, et puis, de temps à autre, on lâche négligemment à mes oreilles des mots, des idées qui font explosion en moi ou qui s'insinuent dans mon esprit comme des parasites venimeux. Je suis impur, je le sais, j'en ai pris mon parti, je le cache avec honte ; mais, heureusement, le monde est pur autour de moi. Si, si, malgré les erreurs, les fautes, les malheurs, je dis que le monde est encore pur, il faut que le monde me soit pur. Je suis faible et, certains jours, ma force m'étonne. Je ne sais rien, mais je saurai tout. Je deviendrai savant, très savant et c'est ainsi que j'effacerai mon impureté. A moins que... Non ! Je veux réfléchir encore. Je sens des élans, des emportements, et tout me retient, tout m'attache. Je crois en Dieu. Oui, je crois encore en Dieu. Depuis quelque temps, ce mot « encore » s'est introduit dans tous mes actes de foi. Il grossit, il me gêne.

Je suis un enfant. Jouer aux billes ne me serait pas désagréable. Alors, pourquoi cette pensée de la rue de Fleurus ? Comment m'y prendre pour bien faire ce que je veux faire ?

Je donnerais avec ardeur cinq ans de ma vie ! Oui, cinq ans, pour en avoir fini de cette odieuse adolescence. Cinq ans et je serai tout à fait un homme! J'aurai des devoirs qui seront de francs devoirs. J'aurai des droits que nul n'osera tourner en dérision. Je déteste qu'on se moque de moi. Les gens qui rient en me regardant, je voudrais les tuer... Vraiment, je voudrais tuer? Je suis un enfant tendre et pacifique. Il m'arrive de me moquer de moi-même. C'est à de tels moments que je voudrais aussi me tuer.

Cinq ans! Et je serai le maître du monde. Cinq ans, et je regarderai le soleil en face. Pour l'instant, je ne peux même pas regarder mon père en face. Je ne le peux pas, car, en vérité, je ne le veux pas. Ça viendra, ça viendra.

Je me revois, errant, dans les allées du Jardin transi. Il fait vraiment froid. Mère a dû rester au lit. Il faut qu'elle soit bien malade. Thérèse Segrédat, notre voisine, la petite, la blanche, est venue soigner maman et faire cuire la nourriture. Thérèse Segrédat murmure en regardant le ciel de la cour : « Ce sont les saints de glace. »

Cécile joue, sur le grand monstre. Notre vieux piano, celui de la rue Vandamme, est parti, on ne le reverra plus. La voix de Cécile a changé. Comme la mienne depuis l'hiver.

Maintenant, je suis seul avec maman, dans leur chambre. Suzanne gratte le pied du lit avec un bruit de rongeur. La maison est silencieuse, je veux dire qu'on ne parle pas, car le piano de Cécile fait partie de notre silence. Je dis « notre », je dis « nous », et pourtant ces mots me font mal : ils sonnent comme un plat fêlé.

Le silence dure longtemps et, petit à petit, les pensées deviennent visibles. Elles sortent du corps, telles des bêtes d'un rocher marin, et elles rampent dans la triste clarté de la fenêtre.

Je dis soudain.

— Tu ne lui as pas répondu! Tu ne lui as pas résisté!

Le visage de maman se déprime. Ses joues s'abaissent, comme tirées par une main d'ombre. Elle a l'air d'implorer le Ciel pour que je ne parle pas. Trop tard : j'ai parlé. Maman regarde au plafond et dit :

— Laurent! Ton père! C'est ton père. Il vous

aime. Il nous aime tous. Il a toujours été bon pour toi, pour nous tous. Sois sage et tâche de comprendre. Moi, je comprends bien.

Je fonce à travers la chambre. Oh! deux pas dans un sens et deux pas dans l'autre. Tout nous est mesuré, l'air, l'espace, l'élan. Tout travaille froidement à nous reployer sur nous-mêmes.

Je parle et c'est d'abord pour moi :

— Il est en train de devenir ce qu'il appelle un homme supérieur et c'est juste à ce moment-là...

— Mais oui, Laurent, il a trop travaillé. Tu sais déjà comme le travail de tête est épuisant.

Nous ne sommes pas d'accord. Nous ne pensons peut-être pas aux mêmes misères. Ce que maman, avec une inflexion de respect, appelle le travail de tête n'a sans doute rien à voir avec la rue de Fleurus. Maman croit que je pense à certaine scène près du lit... « *Mundus ut ad Scythiam...* »

Je regarde à la dérobée le visage de ma mère. Deux larmes descendent doucement vers ses oreilles. Elle parle très bas :

— Ne pense plus à tout ça, Laurent. Ce ne sont pas des pensées pour un garçon de ton âge. Il est bouillant, il est vif ; mais il nous aime. Il est bon et c'est le principal. Tu me comprendras plus tard. Encore un mot, Laurent : si tu allais penser, plus tard, que je fais ce que je fais... pour moi. Oh! comme j'aurais honte! Comme je serais triste! Tu te rappelleras, Laurent!

Je ne réponds rien. Je ne promets rien. Je suis résolu fermement à ne pas introduire le mensonge dans cette histoire déjà très compliquée.

Nous ne dirons pas un mot de la lettre. Maman se garde bien de m'en parler et il est clair que je n'en peux rien dire moi-même.

Et, soudain, parce qu'elle est malade, maman se prend à trembler du menton et soupire :

— Comme je suis seule, mon Dieu! Comme je suis seule!

Je demeure interdit, impuissant. Je lui ai pris la main. Ça ne suffit pas pour étancher cette plainte qui devient puérile, qui sombre dans le balbutiement :

— Seule! Toujours seule! Je me disais : j'aurai de grandes filles, un jour. Ce n'est pas seulement pour m'aider à tout, c'est aussi pour être près de moi, à certaines minutes. Et voilà, Cécile, c'est la musique! Je comprends bien, je comprends tout, mais je suis seule. Toi, Laurent, tu es bon, mais tu es un garçon et tu as des idées qui te tourmentent.

Je lui pose la main sur les cheveux. Une petite demi-heure passe et l'envie me prend de remuer les jambes parce que je suis, en effet, un garçon.

Mère ferme les yeux pour me faire croire qu'elle dort. Alors, je m'en vais. En propres termes, je m'enfuis.

Valdemar est debout contre le grand piano. Valdemar vient d'arriver et tire son violon de la boîte. Il me regarde longuement, curieusement. Enfin, il me pose un doigt sur le front et dit, la voix sérieuse :

— Je vais lui donner le pain et le vin.

Il commence de jouer quelque chose, je ne sais plus quoi. Il peut jouer ce qu'il voudra. J'ai mon plan. J'irai rue de Fleurus.

CHAPITRE X

HONNÊTES MENSONGES. HOMMAGE A FENIMORE COO-
PER. CHINGACHGOOK SUR LA PISTE DE PIED-NOIR. ITI-
NÉRAIRE DE LA BASTILLE A MONTPARNASSE. UN
ESCALIER ORNÉ DE TAPIS. INTÉRIEUR JAPONAIS.
ÉMOTIONS DIVERSES. EFFUSIONS SENTIMENTALES.
ADMIRABLES CONSÉQUENCES DE LA VOLONTÉ.

Je m'aperçus bien vite que, passé la porte de la
maison, je ne savais presque rien de mon père. Dès
l'aube, il nous échappait. Il plongeait aussitôt dans le
profond océan parisien. Il n'en émergeait le plus souvent qu'au soir et parfois même fort avant dans la
nuit.

Le dimanche n'est pas un jour normal, physiolo-
gique, c'est un hiatus, une solution de continuité dans
la trame des jours vivants. Je résolus d'attendre un
jeudi. Nous étions dans les premiers jours de juin. Il
faisait une chaleur orageuse. A tout événement, une
pleine journée de liberté me semblait nécessaire. J'a-
vais prévenu ma mère que nous pensions, Justin Weill
et moi, déjeuner dans le bois de Clamart, et ma mère,
qui commençait de se rétablir, m'avait préparé deux
tartines. Dès cet instant, j'avais compris qu'il était
nécessaire, bon gré, mal gré, de recourir au mensonge.
L'idée qu'il s'agissait d'un honnête mensonge ne me
consolait pas tout à fait. Ma mère m'avait prié de
prendre une pèlerine — « ce Clamart, mon Dieu!

c'est au diable! » — et, comme je voulais être léger, vif, peu visible, comme la pèlerine me gênait, mon premier soin fut de la déposer chez notre concierge en le priant de ne rien dire à ma mère pour ne la point inquiéter. Premier complice. Mon autre complice était Justin, que j'avais entrepris dès la veille. J'avais dit : « Justin, tu me verras peut-être demain dans la journée ; mais, je t'en prie, ne viens pas à la maison. Je te raconterai peut-être un jour... C'est sérieux. Ta parole d'honneur. » Et, comme il me regardait avec étonnement, j'avais ajouté : « C'est sérieux, mais ce n'est pas grave et, surtout, ça ne te concerne pas, Justin. Tu peux toujours venir à la maison, sauf demain, parce que, demain... Tu sais que je ne mens jamais... » Justin Weill aimait tout ce qui fleurait l'intrigue et le théâtre. Il m'avait donné sa parole d'honneur et avait bien voulu reconnaître que je ne mentais jamais.

Je quittai la maison plus d'un quart d'heure avant le moment où mon père se mettait en route d'habitude. A cette époque, mon père fréquentait l'hôpital Saint-Antoine et s'y rendait à pied. Je l'attendis donc à l'entrée du Jardin des plantes, qu'il traversait pour gagner le pont d'Austerlitz. A peine sa silhouette engagée dans la rue de Jussieu, je vins m'embusquer à l'abri d'un pavillon ruineux où moisissait, pour l'étonnement des promeneurs, le squelette d'un cachalot. J'ai, cent fois, dans la suite, revu cet innocent épouvantail et toujours avec émotion : il occupe, entre mes souvenirs de jeunesse, une place doucement ridicule.

La fontaine des otaries versait dans le silence une chanson de cascatelle. Je dus attendre deux ou trois minutes. Il m'en fallait beaucoup moins pour rêver à l'aventure. En ce temps-là, grâce au ciel, les romans et films policiers n'empoisonnaient pas les loisirs des adolescents, mais nous avions Fenimore Cooper, le Dernier des Mohicans, mon frère au visage pâle, les Delawares, la prairie et le sentier de la guerre. Même aux pires instants de ma vie, je n'ai jamais été maître des images et j'ai trouvé, dans leurs jeux, je ne sais quel discordant attrait. Malgré mon chagrin, malgré les mouvements de la rancune, je ne pus m'empêcher d'inventer aussitôt une fable : j'étais le jeune Chingachgook sur la piste de Pied-Noir.

Précisément, Pied-Noir traversa l'espace libre à ma droite et disparut derrière une orangerie au crépi rose vif, bâtiment délicieux qui n'existe plus aujourd'hui. Avec des précautions de trappeur, Chingachgook s'élança sur les traces de Pied-Noir. A vrai dire, les précautions étaient bien superflues : Pied-Noir ne se retourna pas une seule fois. Cependant, j'allais d'arbre en arbre, admirant malgré moi la parfaite aisance de Pied-Noir, qui n'avait certes pas l'air d'un homme poursuivi.

Je me revois, assis sur un banc, devant la porte de l'hôpital. L'arroseur descendait le boulevard Diderot, au pas de son cheval cagneux. Il abandonnait derrière lui une odeur de ruisseau, de crottin lavé, de poussière et de marais. Parfois, j'allais, pour tromper mon agacement, jusqu'à la rue de Chaligny. Une sonnerie de clairon jaillissait derrière une haute muraille et semblait me rappeler à l'ordre. Je revenais alors au pas de gymnastique jusqu'à mon poste d'observation. Le banc, la promenade, et, de nouveau, le banc. L'impatience commençait de me faire trembler. Je courus acheter un journal et m'en applaudis : à l'abri de la feuille déployée, je pouvais épier sans crainte.

Je m'étais mis à lire pour tromper les minutes. Je me rappelle encore cette lecture dérisoire, à fleur d'œil. Le président Félix Faure est en voyage. Une dame qu'on nomme la belle Otero a de graves démêlés avec ses créanciers. La bicyclette jouit d'une vogue excessive : elle empêchera, dit-on, le peuple de lire et d'aller au théâtre. On joue, à l'Odéon, *Pour la Couronne*, cette pièce merveilleuse dont Justin Weill m'a parlé...

Tout à coup, je fis un bond et faillis déchirer le journal. Chingachgook était un médiocre coureur de prairies : il avait bien failli manquer Pied-Noir.

En fait, Pied-Noir descendait fort paisiblement le boulevard en société de deux jeunes gens. La chasse recommençait. J'eus d'ailleurs le sentiment qu'elle allait se terminer aussitôt, que cette longue matinée d'attente aboutirait au moins glorieux des échecs. En arrivant à l'angle de la rue de Lyon, Pied-Noir venait de faire la chose la plus simple du monde, la chose à laquelle je n'avais précisément pas songé. Il venait de lever un doigt vers le conducteur du tramway.

Le tramway Bastille-Montparnasse était alors tiré par deux chevaux indolents. Dissimulé dans l'ombre d'un kiosque, je dus improviser un stratagème hardi.

Pied-Noir vient de grimper à l'impériale. — Comme il a l'air jeune! Comme il est alerte! — Il s'est installé tout près du cocher. Je ne le vois plus. Il ne peut me voir. Le tramway démarre au pas. Je prends ma course. Hop! je saute en marche. Je m'enfourne dans l'intérieur de la voiture. Tout de suite au fond, et le journal déployé. Je suis sauvé.

Boulevard de l'Hôpital. Un petit battement de cœur et de paupière pour la maison de mon cher Justin. Boulevard Saint-Marcel. Boulevard de Port-Royal. Dieu! que la course est longue. Où va Pied-Noir? Je le sais. On peut descendre avenue de l'Observatoire, peut-être plus loin, rue Bréa. Il est midi moins dix minutes. Pied-Noir ne descend pas avenue de l'Observatoire. Par-dessus le journal, je risque un œil. Ah! Pied-Noir est là, sur le marchepied. Il a tiré la ficelle. Il saute. Il s'éloigne. Il se dirige de son pas élégant vers la rue Bréa. A mon tour, maintenant, et la course. Il faut que j'arrive le premier, avec une avance notable.

Quelques minutes plus tard, je débouchais rue de Fleurus. J'étais hors d'haleine et trop bien lancé pour considérer froidement l'aventure dans laquelle je m'allais engager.

Je me rappelle une très petite cour où se mouraient de filandreuses plantes vertes. Chingachgook et Pied-Noir? Il n'y avait plus, sous la porte cochère, qu'un enfant très effrayé, presque trébuchant d'émotion. La loge de la concierge était à gauche. Cette dame allait-elle sortir, m'interroger, me reconnaître? D'instinct, je me jetai vers la droite où se trouvait la porte de l'escalier. Elle était fermée. En l'ouvrant, je fis retentir un timbre, ce qui me remplit d'épouvante.

Un quart de seconde plus tard, j'étais au premier étage et je m'arrêtais, écoutant mon cœur dont les secousses faisaient, me semblait-il, gronder la rampe, l'ombre, les murs, le monde entier.

Pour simple qu'il fût, mon plan présentait un défaut grave et que je n'avais pas manqué d'imaginer déjà. Une fois encore, je fis en sorte de chasser cette idée démoralisante. D'ailleurs, impossible de reculer. J'avais voulu venir là, j'y étais. J'eus, un instant, l'idée que je m'étais peut-être trompé, que mon père n'allait pas venir rue de Fleurus, qu'il n'avait rien à faire dans cette odieuse rue de Fleurus, que tout cela n'était qu'une espèce de rêve très désagréable. Je commençais de trouver du soulagement dans cette idée quand le timbre retentit au-dessous de moi. Aussitôt, un tout petit mouvement de la tête, un regard plus prompt qu'un vol de guêpe. Hélas! impossible de se tromper : je venais d'apercevoir certaines bottines à boutons que ma mère cirait soigneusement tous les matins.

D'un seul élan, je grimpai, rasant les murs, jusqu'au deuxième étage. Nouvel arrêt. Nouvelle angoisse. Le pas montait — ce pas que je reconnaîtrai, le jour du jugement, entre des millions de pas —. Il me parut toutefois plus sourd que dans notre maison et je vis que l'escalier où nous étions s'ornait d'un tapis. Le pas, cependant, parcourait le long palier du premier étage. Je pris aussitôt ma course, et gagnai le troisième. Au fur et à mesure que je m'élevais, le défaut de mon plan devenait plus évident et plus dangereux. « Le pas » allait-il m'acculer sur l'extrême palier, au dernier étage de la maison ?

Cette maison était fort calme, plus silencieuse que la nôtre. Des familles entières devaient manger derrière ces portes, derrière ces murs. Il était beaucoup plus de midi. A cette heure-là, Paris mange... « Le pas » venait de s'engager sur le palier du deuxième étage et, plus furtif qu'une ombre, je bondis jusqu'au quatrième. Je levai les yeux avant d'y parvenir et une peur froide me serra le ventre. C'était le dernier palier. Par bonheur, en y arrivant, j'aperçus un petit escalier de meunier qui s'enfonçait dans l'épaisseur de la maçonnerie vers quelque étage perdu. Si « le pas » devait s'arrêter au quatrième, il me restait cette retraite. Et s'il montait encore ? S'il allait au plus haut ? Eh bien, tant pis, tant pis ! Il me trouverait là, debout contre le mur, debout contre la dernière porte. Qu'il vienne ! Qu'il me batte aussi ! Qu'il me frappe au visage ! Oui, que je sois humilié, vaincu. Et s'il veut me tuer, qu'il me tue ! En ce moment, tout m'est égal.

Je compris soudain que « le pas » s'arrêtait au troisième étage. A droite ? A gauche ? « Le pas » avait, bien évidemment, parcouru tout le palier. Donc, à gauche. Aucun bruit de clefs. Alors, un coup de sonnette ? Non. Oui. Ah ! le bruit d'une porte qui se referme. Vite, il faut descendre. Ciel, à gauche, il y a deux portes, mais le cordon de l'une d'elles remue encore. Noter : la plus petite des deux portes.

Un énorme soupir me vint aux lèvres. Je savais ce que je voulais savoir. La pensée que la porte pouvait s'ouvrir me conseillait la retraite. Je descendis, vite d'abord, puis plus lentement. L'escalier n'était pas sombre : de faux vitraux y répandaient un jour bigarré. Je descendais, soudain ravagé par la pensée jalouse que, chez nous, il n'y avait pas de tapis.

La rue, assommée de soleil. Une promenade lente, dans un ruban d'ombre orageuse. Deux tartines, et la plus imbécile des soifs. Que fais-je là, mon Dieu ? N'est-ce point là ce qu'on appelle d'un mot affreux : espionnage ? Je n'agis que pour le bien et je ne suis pourtant pas très fier de ce rôle. Tant pis, je ne reculerai pas. Je suis — je serai toute ma vie — furieusement entêté. Est-ce une vertu ? Pas l'instant d'y penser. Regarder. Attendre. Épier, oui, bien sûr, épier.

Vers deux heures, j'aperçus certain chapeau panama qui filait à bonne allure. Pas de chaleur, jamais d'accablement pour cet homme extraordinaire ! Mon père se dirigeait vers la ville des écoles et des bibliothèques, vers la ville de sagesse. Par la fenêtre losangique d'une guérite de gardien, je suivais le chapeau panama dans les allées du Luxembourg. Mon père ! Comme il avait l'air tranquille, audacieux et même fier ! Était-il possible que l'on pût conserver une telle aisance dans l'accomplissement de ces actions que l'on dit coupables ?

94

Comme il faut toujours à la honte une proie, même ingénue, je me sentis rougir.

Le chapeau panama venait de s'évanouir au loin. Je m'en allais, d'un pied inquiet, vers la fin de mon aventure. L'idée d'être interrogé par la concierge ne me paralysait plus guère. Pour en finir, j'étais prêt à tous les mensonges : « On m'attend chez la dame du troisième. Vous savez bien : Mme Meesemacker. »

La concierge n'arrêta même pas, sur mon modeste personnage, un regard tout embrumé par la digestion. Après la chaleur de la rue, l'escalier me semblait bien frais, propice au recueillement raisonnable, peut-être même aux prudentes capitulations. Mais non ! Une seule chose compte au monde : la volonté, la volonté, la volonté.

Marche après marche, la volonté me conduisait jusqu'au troisième étage. La volonté me fit saisir et tirer le cordon de sonnette. La volonté ne pouvait empêcher de trembler certain menton qui n'est point Pasquier, mais Delahaie, ce menton qui tremble, dans ma famille maternelle, depuis quatre générations, depuis la grande frayeur de mon aïeul Guillaume... « Que vient faire Guillaume Delahaie, soldat de l'Empire, dans l'escalier de la rue de Fleurus ? Je dis volonté, volonté, volonté ! Je ne peux même pas maîtriser les ombres. »

La sonnette est tirée et l'on n'entend personne. La dame est sortie. Cas de force majeure. Lâcheté délicieuse. Non : une porte grince dans les profondeurs. Une chanson fredonnée vient vers moi. Je la connais : c'est une chanson de mon père. « Pour vous obliger de penser à moi... » La porte s'ouvre.

La porte s'ouvrit, en effet, sur une claire petite antichambre. Des lanternes de papier, des nattes peintes, des ombrelles déployées, tout un étalage de ces japonaiseries alors en pleine vogue, voilà ce que j'aperçus d'un coup d'œil, et, au milieu de tout cela, une personne vêtue d'un kimono rose, une dame beaucoup plus grande que moi, blonde, au teint frais, aux bras nus. Elle disait, l'air insouciant :

— Qu'est-ce que c'est, jeune homme ?

— Je voudrais parler à Mme Solange Meesemacker.

Même altérée, ma voix produisit quelque effet sur la dame au kimono rose, car elle dirigea soudain vers moi un large regard fort pénible à soutenir.

— C'est moi.

Elle attendit une seconde et poursuivit :

— Qu'est-ce que vous avez à dire ? Du sérieux ? Alors entrez par ici.

Elle me poussa familièrement dans une pièce et tira la porte sur nous. C'était une manière de salon dont l'aspect me rappela le « genre artiste » de Mᵐᵉ Henningsen. On y voyait un sofa chargé de coussins, des fauteuils dépareillés, un guéridon sur lequel on avait dû manger, car des miettes de pain jonchaient encore le parquet. Sur la cheminée, deux statuettes de plâtre blanc. Une odeur de café, de cuisine, et d'eau de Cologne. Malgré cela, nul désordre évident et même une certaine élégance.

Solange Meesemacker me considérait avec une attention croissante. Elle prononça, d'une voix nette, bien timbrée :

— Et maintenant, expliquez-vous, jeune homme.

J'eus le sentiment de pâlir un peu, comme il convient au justicier dans l'exercice de ses fonctions.

— Madame, fis-je posément, je suis le fils de M. Raymond Pasquier.

Les lèvres de la dame se rapprochaient et s'écartaient en silence comme pour articuler « Be... be... be... ». Soudain, elle éclata de rire. Un rire qui lui secouait la gorge et les joues, un rire qui lui faisait venir aux yeux de grosses larmes brillantes, un rire dont je fus, en même temps, offusqué, bouleversé, furieux.

Toute riante encore, elle me saisit par les épaules et me tira vers la fenêtre. Elle disait :

— J'aurais dû m'en douter. Vous êtes sans doute Laurent. Vous ressemblez énormément à votre père.

— Madame, répliquai-je d'une voix étranglée, c'est à ma mère que je ressemble.

Elle secouait la tête de droite à gauche et de gauche à droite. Elle soupirait, calmée, attentive :

— Ta, ta, ta. Votre père! Attendez que je vous regarde. Même la colère! Seigneur, c'est le père tout pur. Eh bien, en voilà une histoire! Asseyez-vous, n'ayez pas peur. Je ne mange pas les petits garçons.

Elle se reprit à rire, ouvrit vivement la porte, regarda, comme pour s'assurer qu'il n'y avait aux alentours aucune oreille indiscrète et revint vers moi. Elle grondait doucement :

— Ce n'est pas ordinaire. Le petit Pasquier, maintenant! Il faut avouer que c'est ridicule, ridicule.

Je commençais de rougir et de me sentir mal à l'aise. J'avais tout imaginé, tout prévu, la froideur, l'éclat, même la bataille, tout, sauf le ridicule. Cette dame avait raison, je devais être ridicule. Je le sentais et j'en avais grande vergogne. Qu'étais-je donc venu faire dans cette maudite rue de Fleurus ?

Solange Meesemacker avait cessé de rire. Elle s'assit en face de moi. Elle se tenait très droite et je pense que son busc de corset devait la gêner un peu. Elle s'assit donc et, du bout de l'index, ébaucha le geste de relever une mèche de mes cheveux qui me descendait devant l'œil. Elle disait, la voix grave :

— Ce n'est pas une chose sensée. Non, non, cela ne se fait pas. Un jeune homme bien élevé ne vient pas chez l'amie de son père. Vous me mettez dans une situation impossible. Vraiment, ce n'est pas convenable. Si votre père le savait, nous en entendrions de belles. Votre papa n'est pas un monsieur particulièrement commode. Et vous savez aussi bien que moi qu'il a horreur des situations ridicules.

Elle sourit soudain et poursuivit :

— Voulez-vous une tasse de café ? Pourquoi ne prendriez-vous pas une petite tasse de café ? Il y en a encore un peu dans la cafetière. Ça vous donnerait du cœur. Et vous me diriez peut-être pourquoi vous êtes ici.

Ce déluge de paroles me permettait de me ressaisir. D'une voix plus ferme, je commençai de parler :

— Madame, je suis ici...

Je ne pus aller plus loin : la sonnette de l'entrée venait de retentir. Solange tourna la tête et fronça les sourcils.

— Allons bon! souffla-t-elle. Voilà des complications. Maintenant il faut que je vous cache, monsieur l'imprudent.

— Inutile, fis-je d'une voix blanche. Qu'il me voie! Ça m'est égal.

— Taisez-vous donc. A moi, ça ne m'est pas égal. Venez par ici. Et pas de bruit, s'il vous plaît. N'allez pas éternuer à cause du poivre en grain. N'ayez pas peur : je ne vous oublierai pas là.

Elle avait ouvert une porte et me poussa dans un réduit qui sentait le poivre, le camphre et le patchouli. Je n'y passai que deux ou trois minutes, mais jamais je n'en oublierai ni la nuit chaude, ni l'odeur. La porte se rouvrit bientôt et Solange Meesemacker me prit la main. Elle ne riait plus. Elle avait même l'air soucieux.

— En voilà des émotions. Oh! je ne parle pas du coup de sonnette : c'est le bonhomme du Bon-Marché. Qu'est-ce que vous aviez bien pu croire? Des folies, des horreurs, que je trompais votre père, peut-être. Hélas, non! je ne l'ai jamais trompé et je voudrais bien qu'il puisse en dire autant de son côté. Allons, vous me faites lâcher des bêtises. Vous êtes un enfant et vous ne pensez pas que je vais vous raconter mes petites affaires. Qu'est-ce que vous voulez? Qu'est-ce qui vous amène? N'allez pas me débiter des choses désagréables : je ne suis pas d'une si bonne santé. J'ai le cœur fragile.

— Madame, m'écriai-je, soudain debout, ma mère est très malheureuse et je vous assure qu'elle ne le mérite pas. Vous ne la connaissez pas et vous ne pouvez pas savoir...

Solange allait et venait dans la pièce, déplaçant les chaises et, par accès, tapant du pied.

— Je ne la connais pas? Je ne peux pas savoir? Mais si, mais si, je la connais. C'est elle qui ne me connaît pas. Moi, je la connais : votre père me parle d'elle à peu près tous les jours. Elle est comme ceci, comme cela. Elle a toutes les vertus, tous les principes! Il n'a que ça dans la bouche, les principes! Et voilà, votre mère est malheureuse et c'est de ma faute, naturellement.

Elle s'était assise près de moi. Elle respirait fort. Je sentis soudain qu'elle allait pleurer. Elle se mit en effet à pleurer.

— Et vous croyez peut-être que tout cela m'amuse, que tout cela me fait plaisir ? Et vous imaginez peut-être que ce sont des scènes supportables pour une femme qui a du cœur ?

Elle m'avait saisi les mains, soudain bredouillante, bafouillante, suffoquée. Elle disait des choses extraordinaires :

— Je n'aimais pas les hommes mariés : ils ont trop leurs habitudes. Mais voilà... Ram! Oui, je comprends, ça vous gêne de m'entendre l'appeler comme ça. Vous me regardez, vous pensez qu'une blonde qui pleure, ça n'a rien de beau. Ça serait plus grave si je mettais de la poudre. Je ne mets jamais de poudre, votre papa n'aime pas ça. Allons, c'est fini. Moi, je suis plutôt d'un naturel gai.

Elle secoua vivement mes mains et soupira, l'air dramatique :

— Alors, qu'est-ce que vous me demandez ? Qu'elle se retire, qu'elle disparaisse ? Oui, c'est de moi que je parle. Mais, allez-y donc franchement.

À force d'énervement, je me sentais moi-même tout près des larmes. Je soupirai avec ferveur :

— Oui, madame, oui. Je vous en supplie.

Elle se leva, puis commença de marcher dans la pièce en serrant ses mains l'une contre l'autre.

— C'est décidé. C'est décidé. On ne peut pas dire que ça fasse du bien par où ça passe. Non, je sens que je vais être malade au moins huit jours. Rappelez-vous ce que je vous vois là. Vous ne connaissez pas les femmes. Oh! vous les connaîtrez un jour, avec des yeux comme ça. C'est fini. Maintenant, je suis forte...

L'entretien eut une fin des plus sentimentales. Solange Meesemacker gémissait : « Je veux que vous gardiez un joli souvenir... » Et moi, tremblant, ivre d'émotion, rassemblant toutes les ressources de mon vocabulaire romanesque, je serrais les mains de la dame et bredouillais : « Quelle reconnaissance, madame! Comme c'est noble et beau... »

Elle me prit aux épaules, maternellement, me regarda pendant une minute et soudain :

— L'alliance est signée ? Alors, on s'embrasse.

Éperdu de surprise, je reçus dans les environs du nez un baiser au café. Déjà, Solange me poussait vers la porte. Elle mit un doigt sur ses lèvres, passa devant moi, prêta l'oreille et me fit signe en souriant :

— Filez maintenant. Pour une visite émotionnante, c'en est une. On vous fait sortir en cachette, comme un beau petit ami. Avouez que c'est charmant. Allez, maintenant, au trot, et sans tourner la tête. Et tâchez de ne pas faire de mauvaises rencontres. C'est promis. C'est juré...

Deux minutes de course et j'étais dans la rue. Les premières gouttes de l'orage commençaient de moucheter le bitume. Je courus d'une haleine jusqu'au jardin, jusqu'à ce petit pavillon en forme de parasol sous lequel les bonnes d'enfants venaient abriter leurs charrettes.

Cette entrevue déconcertante ne ressemblait à rien de ce qu'il m'avait été possible de prévoir. J'avais la tête brûlante, la bouche râpeuse. Je ne parvenais pas à mettre de l'ordre entre mille impressions discordantes. Pourtant un espoir joyeux m'emplissait le cœur. Le monde était impur, sans doute, mais non point indigne de rédemption. Je venais d'en faire l'expérience : il suffisait d'avoir une inébranlable volonté, du courage et de toucher à la bonne place.

CHAPITRE XI

MÉDITATIONS D'UN FUTUR HOMME REMARQUABLE.
BOTTINES A BOUTONS ET PANTALON A PETITS CAR-
REAUX. LE BITUME PARISIEN ET LA CULTURE DES
SOUFFRANCES ROMANTIQUES. ALLÉGEMENTS DEMAN-
DÉS A L'ART MUSICAL. INFLUENCE DES INVENTIONS
SUR LA SÉCRÉTION LACRYMALE. NOUVELLE TRISTESSE
DU JEUNE L. P.

Ce jeune homme qui, d'un pas ferme et gracieux,
marche sur le trottoir de la rue des Écoles, ce jeune
homme, c'est L. P., le futur homme remarquable.

Si les passants étaient doués, à quelque degré,
de l'esprit de finesse et de la faculté de pénétration,
ils reconnaîtraient L. P. à des signes imperceptibles
mais indubitables, ils le regarderaient avec un intérêt respectueux et peut-être même lui feraient-
ils un large salut du chapeau.

Il est bien évident que le jeune L. P. n'est encore
qu'un personnage faible et inexpérimenté. Mais il
donnera sa mesure pour l'étonnement du siècle.
Il a, dès aujourd'hui, mené fort habilement une
difficile négociation. Il a rétabli l'ordre du monde,
le bonheur du clan. Le jeune L. P. possède une méthode admirable et infaillible pour accomplir des
actions rares et mériter la reconnaissance atten-
drie du genre humain.

L. P., d'ordinaire, ne tient pas particulièrement

à fixer l'attention des passants. Il a même le plus vif et le plus constant désir de passer inaperçu. L. P. est secrètement sûr d'éclipser, par le jeu de vertus éminentes, la plupart des jeunes gens de son âge, — exception faite pour un certain Justin Weill qui ne connaît rien de la vie, mais qui est quand même un esprit supérieur. — Et pourtant, L. P. apporte un soin tout imprégné de modestie à ne point se distinguer des autres jeunes hommes par quelque signe bassement extérieur.

En temps normal, par exemple, L. P. manifeste une vive répugnance pour « les souliers en cuir de Russie ». On appelle ainsi, dans la famille, certaine paire de bottines à boutons d'une belle couleur carminée dont on ne sait plus très bien l'origine et que personne, chose étrange, n'a jamais voulu porter, même aux heures de pire détresse. Joseph a mis, jadis, les bottines dix minutes et il a déclaré que « ça faisait cocotte ». Bourrées de papier, poissées d'encaustique, les chaussures fatales ont attendu, dans un placard, que le pied de Ferdinand fût assez grand. Le temps venu, Ferdinand a boutonné les bottines et déclaré qu'elles lui convenaient à merveille. Il les a portées, un dimanche, pendant toute la matinée. Au retour, il les a retirées, disant qu'il préférait ne pas se faire remarquer. L. P. est, par essence, un jeune homme exempt de préjugés. Il sait que l'achat d'une paire de chaussures représente, pour sa maman, beaucoup de calculs et parfois de privations ; mais ces bottines russes lui inspirent un éloignement indicible. Eh bien, aujourd'hui, L. P. est si fier, si grand, si délivré de toutes les bassesses du monde qu'il mettrait au besoin — il ne les réclamera pas : il ne faut pas aller follement au-devant du sacrifice — oui, qu'il mettrait les souliers de cuir incarnat. Mieux même, L. P. se sent de force, aujourd'hui du moins, à porter d'un cœur léger le pantalon à petits carreaux qu'on lui a taillé dans un vieux vêtement de son père et qui lui inspire d'ordinaire une horreur souveraine, car il n'y a pas, dans tout le lycée Henri IV, un seul autre pantalon de cette espèce extravagante.

L. P. n'aura probablement aucun besoin de fournir de telles preuves de grandeur d'âme. Il doit garder sa joie pour lui. Il y est même bien forcé.

L. P. n'a pas encore quinze ans et, pourtant, il a promené, le long des rues natales, de ces tristesses juvéniles qui défigurent l'univers. L. P., si jeune soit-il, a déjà cultivé, sur l'aride bitume parisien, des tristesses romantiques auxquelles il pensera plus tard comme à des modèles de tristesse. Même quand elles sont romantiques, les tristesses de L. P. ont toujours quelques racines dans la plus âcre réalité. Et puis, les tristesses romantiques font souffrir autant que les autres. On en mourrait, certains soirs, n'était le sourire maternel et si la vie n'avait une extraordinaire tendance à patienter jusqu'au lendemain.

L. P. a connu presque toutes les misères de l'argent et de la pauvreté. Maintenant, c'est la misère des passions humaines, comme disent les commentateurs des poètes tragiques. C'est assurément terrible, mais un homme ferme et résolu vient à bout de tout ça comme du reste. L. P. est un homme ferme et résolu. Voilà pourquoi L. P. marche sur le trottoir de la rue des Écoles avec une si paisible majesté.

De temps en temps, L. P. rumine certains détails d'une scène à jamais mémorable, dans laquelle il a brillé moins par l'éloquence que par une incomparable sobriété. Certains traits de cette scène dramatique ne laissent pas d'inquiéter L. P. et même de l'offusquer. Qu'il y pense, et le voilà rougissant, comme s'il entrevoyait quelque chose d'un peu louche, d'un peu bas. Mieux vaut n'y pas penser et ne considérer que le résultat final. Un noble résultat.

L. P., de retour à la maison, ne peut dissimuler les effets d'une griserie bien naturelle. Qui le remarquera ? La maison est dans la torpeur. On n'entend rien, pas même le piano de Cécile. Dans le coin le plus retiré de la cuisine, maman fait des calculs sur un très petit papier. Comme sa mère le considère avec une attention soudaine, le jeune héros prononce des paroles dépourvues de sens. Il dit : « Tu verras, maman, tu verras. » La maman de L. P. demande : « Quoi donc,

mon enfant ? » L. P. ne sait que répondre pour ne
point se trahir. Il se réfugie dans les généralités : « Tu
verras, mère, comme on sera heureux. » La maman
hoche les épaules d'un air pensif et fait « oui » distraitement, en aspirant l'air au lieu de souffler. Elle sait
bien que les enfants, quand ils s'en vont en promenade,
découvrent des choses étonnantes, des arbres, des
nuages, des rayons, des existences, et qu'ils revien-
nent parfois un peu ivres, un peu fous. Elle sait cela,
mais elle ne peut s'empêcher de considérer le jeune
garçon et de lui trouver « un petit quelque chose de
drôle » et peut-être même une odeur, oui, c'est bien
cela, une odeur suspecte. Dieu du ciel, est-ce que déjà...
Oh ! ce n'est pas possible !

L. P. a besoin d'un soulagement immédiat, car
sa joie commence de se nouer en boule, à mi-chemin
de la gorge et de l'estomac. Il ira donc rejoindre Cécile.

Laurent et Cécile sont les maîtres souverains d'un
petit royaume fermé. Quand il désire en obtenir l'accès,
Laurent dit, presque à voix basse : « Bonjour, toute-
sœur ! » Et Cécile comprend que Laurent est en état
de grâce.

Laurent et Cécile observent des conventions secrètes.
Ils ne chantent ou ne fredonnent jamais que la musique
du ciel. Pure et vraie musique. Si l'un ou l'autre se
laisse aller — les croyants ont de ces faiblesses — à
soupirer quelque rengaine venue du monde inférieur,
alors il paiera l'amende. Il y a, dans un tiroir, une
tirelire bien cachée. Voilà certes une religion austère
avec laquelle on ne plaisante pas.

Quand il n'y a personne pour les entendre, les
troubler, les distraire, Cécile et Laurent se racontent
« leurs inventions ». Ce sont de ces histoires fabuleuses
que l'on ne se dit ordinairement qu'à soi-même et qui
font monter aux yeux de petites larmes, telles sans
doute en distilla Dieu lorsqu'il imagina l'univers. Des
larmes qui piquent le nez mais qui, dans les circons-
tances normales, ne doivent pas se répandre au-dehors.

Cécile regarde L. P., ce jeune homme magnanime,
et elle dit : « Qu'est-ce qui te prend ? » Il faut reconnaître que Cécile manifeste, à l'égard de son frère,
une surprenante perspicacité.

L. P. sourit. Il a visité les profondeurs. Il est descendu dans l'abîme des passions humaines et il en est sorti vainqueur. Ce ne sont pas des choses que l'on raconte aux petites filles, surtout à la plus pure des Céciles. Il dit : « J'ai été premier en math... » Cécile regarde encore le cher benêt et hausse les épaules. Les math... ne sont pas admises dans le ciel cécilien.

Alors, comme il faut, à tout prix, offrir quelque chose à la joie, lui donner le pain et le vin. L. P. dit : « Joue-moi ta plus belle musique. »

Cécile hausse encore une fois les épaules. Elle commence, depuis quelques mois, à se faire prier pour jouer devant les Philistins. Pour son blanc-bec de frère, elle dira toujours « oui ».

Cécile s'assied devant le grand piano qui n'est pas sans analogies inexplicables avec certaine baleine dont le squelette règne au Jardin des plantes. Et Cécile joue, sereinement.

L. P. ne saurait dire au juste ce que Cécile a choisi. C'est beau, c'est calme, c'est lent.

L. P. écoute. Il est content et, quand même, petit à petit... Enfin, pourquoi, mon Dieu! pourquoi ? Est-ce que la joie est déjà finie, déjà perdue ? Elle prend, de seconde en seconde, le même goût que la tristesse. Allons, c'est bien tout. L'épuisante journée est accomplie. Les notes, les accords s'envolent et le jeune héros contient à grand-peine une ineffable envie de souffrir. La tristesse est revenue.

CHAPITRE XII

Ce sentiment de victoire menacée, de joie nua-
geuse, il devait vingt fois m'abandonner et me ressaisir pendant les orages de juin. L'été de 95, qui s'est
achevé dans l'incandescence et la consomption délicieuse, commençait dans le tumulte. Mes pensées y
trouvaient, selon les jours, des couleurs, des accents,
des thèmes.

Si le poète a raison, si l'éternité réserve à la personne humaine une métamorphose sublime, se peut-il
qu'elle fasse, un jour, sortir de l'ombre quelque visage
de ma mère que je ne connaîtrais pas encore ? Ne va-
t-elle pas plutôt, pour sa besogne d'embaumeuse,
élire un des fantômes familiers qui se promènent dans
mes songes ?

Je vois trois statues de ma mère. Et le mot de
statue n'est pas, je le dis, présomptueux, pour ce que
signifiait au monde cette personne humiliée.

La mère de ma petite enfance est, tout entière,
assentiment, extase, don et pardon. Parfait don de
soi et total pardon de toute offense. Elle est jeune
encore, mais courbée vers des travaux sans fin, des

douleurs acceptées dans l'enthousiasme et savourées comme les nourritures de l'âme.

S'élève ensuite une figure plus austère. Non pas moins pure, non pas moins tendre, mais roidie contre le vent. C'est le visage de l'été. Toute la ramure est pesante de fruits. Elle va fléchir, craquer peut-être. Quel effort de chaque fibre pour ne pas laisser périr l'épuisant, le vivant fardeau !

Et c'est plus tard, bien plus tard, que surgit la troisième personne. Elle n'est pas, comme on le pourrait croire, usée par les défaites, ruinée dans sa substance et dans sa foi, mais, au contraire, confirmée dans la majesté des vieilles régences, dans la victoire obstinée des traditions, des mensonges réconfortants, des fables purificatrices.

Que l'éternité choisisse la première ou la dernière de ces images ! Pour l'autre, la souffrance, si je la fais revivre ici, c'est peut-être dans l'espoir de la bercer, de l'endormir, de l'ensevelir enfin dans le consolant sommeil.

Construire un pont, discerner une loi de la nature, composer un livre, ordonner une symphonie, voilà de grands et difficultueux travaux. Faire une famille, la réchauffer sans cesse, l'étreindre jusqu'aux suprêmes démembrements, c'est une œuvre d'art aussi, la plus fuyante, la plus décevante de toutes. Combien de fois ai-je découvert, dans un visage de femme, cette pensée opiniâtre, cette pensée presque toujours muette et qui travaille à tâtons, et qui, souvent, demeure ignorante d'elle-même ?

En ce fameux mois de juin, mon frère Ferdinand parvint à me distraire de mes aventures personnelles. Il avait alors dix-huit ans. Il était beaucoup plus grand que moi, plus grand même que notre père et que mon frère Joseph. Il avait les épaules tombantes, le dos bombé. Sa myopie, l'obligeant à regarder les choses de près, exagérait encore la disgrâce de son attitude. Il n'était guère Pasquier en tout cela, car nous nous tenions fort droits et, selon l'expression de mon père, « nous poitrinions » volontiers. L'âge, en exagérant le disparate spirituel, accuse aujourd'hui de vaines ressemblances extérieures ; mais, au temps de notre jeunesse, Ferdinand représentait assez bien le type aberrant que l'on rencontre presque toujours dans une famille et qui, par ses traits singuliers, émeut la sollicitude maternelle. Il avait le teint blanc, les tempes creuses, une chevelure noire, épaisse et rétive, un nez long, d'aspect fragile, des yeux veloutés, assez beaux, qu'on distinguait d'ailleurs mal à travers les énormes verres biconcaves du pince-nez. Il aimait la lecture des journaux, les plaisirs immobiles, les conversations tièdes, les jeux de mots. Il était appliqué, silencieux et semblait modeste. On oubliait volontiers Ferdinand et il se peut que j'aie même l'air de l'oublier, dans mon récit. Et, soudainement, après de longues bonaces, Ferdinand éclatait. Pendant une minute, pendant une heure entière, Ferdinand était soulevé de frénésie. L'esprit Pasquier, dont Ferdinand paraissait à l'ordinaire si mollement dépourvu, entrait en éruption, parmi les fumées du soufre. On entrevoyait alors les profondeurs de l'abîme Ferdinand. Comme ces vases qui se remplissent goutte à goutte et qu'un siphon brusquement amorcé tarit d'un seul coup, Ferdinand épanchait ainsi d'étonnantes réserves de rancune et de revendications. Les choses rentraient assez vite dans l'ordre. Ferdinand retombait en torpeur. On recommençait de l'oublier. Et, goutte à goutte, sans qu'il en eût lui-même une conscience immédiate, la poche au ressentiment recommençait de se gonfler.

Maman était toujours avertie, par quelque correspondance organique, de l'imminence du phénomène. Il se produisait d'ailleurs, entre les sourcils de Ferdinand, à la racine du nez, une tuméfaction houleuse et douloureuse où j'appris moi-même, instruit par l'expérience, à distinguer l'avertissement du désordre.

Or, pendant ce mois de juin, Ferdinand souffrit de fausses crises, de crises avortées. Dix fois, j'eus la certitude qu'il allait éclater, se répandre et, dix fois, je le vis se refermer. Le mécanisme de sa vie semblait détraqué, détendu ; j'en éprouvais du malaise, car nous vivions fort près l'un de l'autre. Il lui arrivait non seulement de rougir, mais encore de rester rose. Parfois, il arrêtait sur moi des yeux déserts, mouillés d'un feu lointain. Il commença, lui si peu loquace, de me tenir des discours confus, presque poétiques par le tour et le vocabulaire, de me parler du ciel et de la saison. Un jour, il soupira : « Pourquoi m'a-t-on appelé Ferdinand ? Je ne voudrais pas m'appeler Ferdinand. C'est un nom qui me déplaît. — Vraiment ? fis-je, railleur à demi, et comment voudrais-tu donc t'appeler ? » Il répondit, la voix chancelante d'émotion : « Guy. Ça, c'est un joli nom. Je voudrais m'appeler Guy. » Tout cela m'intriguait ou m'irritait sans parvenir à m'émouvoir. Nous avions chacun nos misères et elles me semblaient incommunicables.

Et puis, un soir, l'accès longtemps différé se déclara subitement. Nous venions de dîner. Père était absent, Cécile au travail. Ferdinand suivit maman dans la cuisine dont il ferma la porte. J'entendis, de loin, deux ou trois éclats de voix, puis une espèce de sanglot. Un instant de silence et Ferdinand, traversant d'un bond le vestibule, se lançait dans l'escalier.

Je courus vers notre mère. Elle était assise, toute droite, entre la table et le mur. C'est là qu'elle aimait, je crois, de penser à ses tourments. Les humbles objets qui l'entouraient, tous compagnons de ses tâches quotidiennes, lui formaient une forteresse, la soutenaient de toutes parts, l'empêchaient de fléchir.

— Qu'est-ce qui lui prend, maman ? Qu'est-ce qu'il a dit ?

Elle fit un geste désolé.

— Il est malade, ce petit.

Et, tout de suite, par une pente insensible, elle revenait à sa plainte :

— Comme je suis seule.

— Mais non, mère, tu n'es pas seule. Je suis là. Je suis près de toi. Qu'est-ce qu'il veut ? Qu'est-ce qu'il demande ?

Elle écarta les bras, faiblement, et dit avec désespoir en baissant la tête :

— De l'argent, bien sûr. De l'argent, mon Dieu !

J'étais exaspéré.

— Bien sûr ? Pourquoi « bien sûr ? »

Mère fit encore un geste pour m'apaiser, m'exorciser peut-être.

Quelques minutes plus tard, la porte s'ouvrait. C'était Ferdinand. Il était calmé. Il était, selon le mot de Joseph, au point mort. J'allais me jeter dans une querelle, mais Ferdinand me fit un sourire bizarre, un sourire que je dirais animal si les animaux souriaient. Je battis en retraite. Un peu plus tard, Ferdinand commença de se déshabiller et, pendant qu'il me tournait le dos, il se prit à chanter, d'une voix fausse, vacillante. Les colères de Ferdinand ne me touchaient pas toujours, et cette chanson me serra le cœur. Sur les tourments inconnus de ce caractère muré, elle m'en fit comprendre plus long que toutes les effusions.

A quelques jours de là, maman me dit :

— Il y a une lettre de Joseph.

Elle ajouta, presque aussitôt :

— Lui aussi me dit que j'ai tort, et que je devrais signer.

— Signer, mère ? Signer quoi ?

— Le pouvoir, pour ton père, le pouvoir, enfin, le papier pour l'argent de tante Coralie. Tu ne vois donc rien, Laurent ? Tu ne fais donc attention à rien ? Comme tu es distrait, Laurent !

— Mais non, je t'assure, maman. Je me rappelle bien.

Maman remuait la tête, parlant aux ombres :

— Joseph me demande de signer. Et Ferdinand me dit la même chose tous les jours. Et Cécile, oui, Cécile, qui ne comprend pourtant rien à la vie, eh bien, elle aussi m'a dit que je devrais signer. Ils sont là, tous, à me pousser. Ils sont là, tous, comme si... Mais, Seigneur ! ce peu d'argent, c'est pour eux, pour eux seuls que je voudrais le garder.

Si j'avais été moins requis par mes démons familiers, moins souvent hanté de mes fables, j'eusse mieux compris sans doute la petite conjuration qui se nouait alors autour de notre mère. Chose remarquable, je suis à peu près sûr que papa n'y prit point part. Les volontés du clan, pour se manifester, trouvaient obscurément des pentes et des issues.

Mère secouait toujours la tête. Elle ajouta :

— Jusqu'à la petite Segrédat, oui, jusqu'à Thérèse qui m'a parlé — oh! discrètement, la pauvre — de cet argent de tante Coralie.

J'attendais, bouche bée, quelque surcroît de confidence. Une fois encore, maman soupira : « Je suis seule, trop seule... »

Que venaient faire, au milieu de mes soucis, les histoires de Ferdinand et l'argent de la pauvre tante? Toutes mes pensées tournoyaient encore sur la rue de Fleurus. J'avais, les premiers jours, espéré quelque dénouement de style magnanime. Un soir, père m'arrêterait dans le vestibule. Il m'envelopperait d'un regard non plus froid et dédaigneux, mais tendre, mais reconnaissant. Il me donnerait une poignée de main. J'hésitais quant à savoir s'il ajouterait un mot et je me demandais si ce serait « merci » ou « tout est oublié », ou peut-être même quelque chose de plus large : « C'est rudement bien, mon petit! » On ne sait pas! Il y a des pères qui trouveraient des choses telles. J'étais, en tout cas, bien sûr que le visage de ma mère allait s'ouvrir, se détendre, redevenir pour toujours ce visage lisse et confiant dont mon enfance avait été illuminée. Et que n'attendais-je pas encore? Quelles vagues d'harmonie notre famille ressaisie n'allait-elle pas déverser sur le monde?

Les jours passèrent et l'inquiétude reprit son empire. Mon père, à nuit close, ramenait parmi nous le même sourire bleu, distrait, impénétrable. Rien n'annonçait vraiment qu'il dût m'attirer dans le vestibule pour m'y faire entendre quelque parole de mâle renoncement.

Un soir, comme nous commencions de manger, mon père tira de sa poche et posa près de son assiette une feuille de papier bleu. Nous connaissions tous déjà cette couleur inimitable et nous regardâmes ce papier dans le plus grand silence.

— Qu'est-ce que c'est? demanda mère, après une minute d'attente.

Papa lui passa la feuille, par-dessus la table.

— C'est pour le billet Duchaussoy. Il fallait s'y attendre.

Il ajouta tout aussitôt, la voix sincèrement navrée :

— Je ne peux plus demander le moindre acompte à mon journal. Je ne sais pas, je ne sais pas.

De tels appels, nous en avions entendu mille. Jamais ils ne tombaient dans le vide. Nous demeurâmes anxieux, sans mot dire.

Le rite ordinaire était le suivant : mère lisait le papier timbré, parfois à deux ou trois reprises. Puis elle le pliait, le serrait dans son porte-monnaie d'un air méditatif et murmurait : « J'irai demain. » Le lendemain, mère mettait des vêtements noirs, ces vêtements qui sont comme l'uniforme du souci. Nous comprenions, à la lenteur de ses gestes, qu'elle réfléchissait, qu'elle préparait jusqu'aux termes de son plaidoyer. Elle s'en allait ensuite dans Paris et restait parfois longtemps absente. Elle revenait presque toujours avec un sourire las, mais satisfait. Elle était allée voir les hommes de loi jusque dans leur réduit, elle s'était fait recevoir, à force de ténacité, elle avait combattu pouce à pouce, usant la patience des uns, désarmant la brusquerie des autres, rayonnante de bonne foi, de volonté, savante aussi, et bonne calculatrice. Oui, je dis bien : savante, habile à ce jeu cruel de la justice et de l'argent.

Ce soir-là, maman ne glissa pas le papier timbré dans son porte-monnaie. Elle le rendit à mon père sans une parole.

Père souriait, ressaisi. Il dit, d'une voix égale :

— Comme tu voudras, Lucie, comme tu voudras.

Mère le regardait en face et ne répondait rien. A notre grande surprise, il ne se mit pas en colère.

Deux jours plus tard, Chingachgook était de nouveau sur la piste de Pied-Noir et cette piste, le plus naturellement du monde, aboutissait à la rue de Fleurus.

Je ne saurais rapporter par le menu les événements qui me déterminèrent à tenter une seconde expédition rue de Fleurus. Pour vifs et cuisants que demeurent ces souvenirs, ils ont été, dans la suite des jours, retouchés, surchargés, déformés par beaucoup d'autres souvenirs analogues, car l'homme que j'entreprends de peindre m'a donné, de la persévérance, une idée détestable sans doute, mais qui touche, en certains points, aux sphères de la perfection. Ce que je retrouve, et très bien, pour peu que je sois de loisir, c'est le goût de mes colères juvéniles, de mes peurs, de mes déboires. Je me revois dans cet escalier de Fleurus, montant les degrés non pas en solliciteur, en suppliant, en naïf, mais avec la rage aux dents, une belle fringale de menace et d'insulte.

Ce ne fut pas S. M. qui vint m'ouvrir, mais une très vieille dame dont je ne pus discerner ni la condition ni le rôle exact et qui me répondit d'une voix maussade que la personne demandée ne se trouvait pas à la maison. Au même instant, une porte s'ouvrit et Solange parut. Elle était en costume de ville avec de grosses manches soufflées, un chapeau écrasé sous les fleurs de celluloïd. Une ombrelle aux doigts.

— Mais si, dit-elle, mais si, madame Mathieu. Je suis là pour ce jeune homme.

— Avec toutes vos complications, soupira la vieille, vous allez me faire passer pour une folle ou pour une menteuse.

Solange haussa vivement les épaules et me poussa dans la chambre où j'étais déjà venu. Elle avait l'air mécontent. Elle retira son chapeau, tapota ses cheveux qui faisaient de gros bourrelets sur le front, tendit le col pour le dégager d'un flot de mousseuse dentelle, se caressa longuement les hanches avec les paumes de ses mains. Elle grondait, à voix basse, des paroles extravagantes ou qui, du moins, me paraissaient telles.

— Folle ou menteuse? Oh! les deux! Voilà les histoires qui commencent. Eh bien, j'en ai plein le dos. Si cette vieille guenon a pour un liard de comprenette, elle va raconter des horreurs. Qu'on m'accuse de ce qu'on voudra, mais pas de coucher avec les deux. Mon Dieu, que tout ça m'agace!

Elle fit volte-face et vint vers moi:

— Reconnaissez que vous auriez mieux fait de rester chez vous à jouer au Nain jaune. Et vous n'avez pas l'air content, par-dessus le marché. Vous auriez peut-être le front de me raconter des sottises. Vous m'aviez pourtant promis de ne pas remettre les pieds ici.

— Et vous, madame, fis-je, prenant mon élan, vous m'aviez promis autre chose.

Le jardin des bêtes sauvages. 8

Elle s'assit et fit bouffer ses jupes d'un léger mouvement des reins. Elle écartait les bras avec un embarras simulé.

— Tant que je serai ici, vous savez bien qu'il reviendra. Non, vous ne le savez pas? Vous l'apprendrez, un jour. Vous l'aurez aussi, votre rue de Fleurus, et vous y retournerez.

Elle se prit alors à raconter, moitié pour moi, moitié pour les murailles, une histoire confuse où il était question de Rambouillet, d'un déménagement, de la morte-saison, d'une somme de quatre cents francs, de bien d'autres choses encore. Elle grondait, à certains moments, s'attendrissait à d'autres et soudain me caressait la joue ou me prodiguait de petites tapes sur l'épaule, dont j'étais décontenancé.

— Votre père ne m'a jamais donné d'argent. C'est un principe chez lui et je le comprends. C'est un principe aussi chez moi ; mais les quatre cents francs que je dois à cette vieille bique, ça ne se trouve pourtant pas sous le pied d'un cheval.

Petit à petit, un flot de honte me gagnait le cœur. L'étrange créature continuait de rire et de pleurnicher tour à tour. « Je n'ai qu'une parole, bien sûr! mais qu'on me laisse le temps. Déménager. C'est vite dit. Quatre cents francs, en voilà une somme! »

Je ne sais plus comment je sortis de ce marécage. Je me revois marchant dans les allées du Luxembourg. Je mettais en toute hâte un peu d'ordre entre une foule d'idées qui ne me semblaient, pour la plupart, ni claires, ni consolantes. L'argent avait été, jusqu'ici, du moins je le croyais, le seul principe de nos disgrâces. Aussi loin que mon souvenir pouvait remonter dans la nuit, nous avions lutté, sans réserve, bien serrés les uns contre les autres. Notre infortune était pure de tout calcul bas, de toute pensée égoïste et, je pensais, de tout mensonge... Dans notre pauvreté courageuse, il n'y avait eu, jusqu'ici, que sacrifice mutuel et misère partagée. Ce passé triste et respectable me parut soudain corrompu.

N'importe, il fallait chercher et trouver son chemin, malgré les embûches.

Je fis, avant de rentrer à la maison, une longue

marche dans les rues et me lavai le visage et les mains au jet d'une fontaine Wallace. Le parfum de la rue de Fleurus imprégnait, me semblait-il, chaque fil de mes vêtements. Ma mère était, comme moi, fort sensible aux odeurs. Cependant se formait, dans mon esprit, un raisonnement laborieux.

L'occasion que j'espérais ne vint que le lendemain. Je partais pour le lycée. Mère me donnait, au passage, un coup de brosse attentif.

— Maman, fis-je, sais-tu que j'ai réfléchi ?

— A quoi, mon enfant ?

— Eh bien, je suis bien près de penser que les autres ont raison.

Maman me regardait, vigilante et sans répondre. Je poursuivis, plus timidement :

— Cet argent de tante Coralie, vraiment, nous n'en aurons jamais besoin plus que maintenant. Vois, tout le monde est d'accord.

Ma mère attendait, la brosse en l'air. Elle me jeta, de biais, un bref et pénétrant coup d'œil. Puis son visage prit, soudain, trait par trait, une extraordinaire expression d'entêtement, de refus. Elle secouait la tête et disait :

— Non, Laurent. Non. Je ne veux pas.

CHAPITRE XIII

APPARITION DE JOSEPH. DE L'IMPARTIALITÉ HISTO-
RIQUE. UNE AUDITION MUSICALE. DIALOGUE AU BORD
DU FLEUVE. RÉVÉLATIONS DIVERSES. CRITIQUE FRA-
TERNELLE DE MES FACULTÉS D'OBSERVATION. DESI-
DERATA D'UN HOMME POSITIF. LA VOLONTÉ, PRINCIPE
DE L'ÉPARGNE. QUE LES HUMANITÉS NE SONT PAS
INDISPENSABLES A L'ACCOMPLISSEMENT DE VASTES
DESSEINS.

Au début de juillet, mon frère Joseph vint en permission. Nous ne l'attendions qu'à l'automne. Sa
présence apporta tout d'abord de la flamme et même
un principe de communion dans notre logis troublé.

Si je devais tracer, de Joseph, un portrait purement
95, j'y aurais quelque peine. Il me faudrait appeler de
vains détails extérieurs. L'homme a vraiment peu
changé. Même dans l'obscurité des commencements,
même dans l'anonymat de l'interlude militaire, il
montrait déjà cette pesante autorité, cette violence
parfois triviale de la pensée comme du mot, ce mépris
de toute valeur étrangère à son système intellectuel,
cette ambition jalouse et fascinée, bref tous ces caractères puissants qui, selon les jours, sont ou vices ou
vertus. Dois-je dire que ces linéaments n'étaient pas
encore, en toutes leurs parties, dégagés du bloc pri-
mitif?

Je commettrais une erreur et une injustice en laissant croire, par exemple, que Joseph n'a pas souffert. Il a, plus vivement que personne autour de moi, souhaité la possession des biens matériels. Une telle passion, quand elle est pure, je veux dire non allégée de quelque espérance étrangère, connaît des ardeurs poignantes et de hideux découragements.

L'impartialité historique est une duperie. L'historien véritable n'est point greffier, mais poète. Il se prend d'amour pour Anne de Boleyn, de haine pour Jane Seymour. S'il ressuscite Philippe II, c'est dans l'âpre dessein de le châtier. Peindre, n'est-ce pas s'assouvir ?

Cela dit, pour mon soulagement, je me sens fort libre à l'égard de Joseph. Il m'a blessé si souvent et si souvent aux mêmes places que je lui suis redevable de maints durillons, salutaires, sinon confortables. Ce que je lui pardonne mal, ce que je redoute chez lui, ce ne sont pas les mille traits par lesquels il a montré qu'il ne me ressemblait pas. Non, certes, ce n'est pas cela.

Et maintenant, à mon récit.

Joseph arriva dès les chats. Il avait passé toute la nuit en wagon. Il était un peu charbonneux, un peu poudreux, mais rustique d'allure, tranquille et apparemment franc de nos soucis. Il respirait d'un nez surpris l'odeur de la maison ensommeillée. Et nous tous, les cheveux épars, les traits mal réduits, la bouche paresseuse, nous regardions le voyageur en souriant.

Papa dit, l'air affable, une petite phrase toute simple et qui, pourtant, me fit dresser l'oreille :

— Je vais m'arranger pour déjeuner à la maison, ces jours-ci.

Joseph montra, du nez, le grand piano noir, haussa les épaules avec rondeur et dit :

— C'est complètement absurde.

Le premier déjeuner fut gai. Mère, au prix de calculs astucieux, avait cuisiné des plats délicats. Elle prenait dans son assiette tout ce qui était mangeable et le posait sur l'assiette de Joseph. Elle répétait, en regardant ce rude gaillard, des mots de tendresse couveuse : « Mon petit garçon, mon pauvre petit... » Joseph riait, grondait, piaffait avec assez de bonne humeur et repartait à pérorer. Il commençait, à cette époque, d'introduire dans ses propos des déclarations sommaires, telles que : « Je suis un esprit positif », ou : « Je ne vois que le point de vue pratique. »

Le repas fini, maman regarda Cécile.

— Veux-tu lui jouer quelque chose ?

— Oh! fit Cécile d'un air lointain, si je pensais seulement que ça l'intéresse.

— Pourquoi, répondit Joseph, pourquoi ça ne m'intéresserait-il pas ? Joue toujours.

Il n'était certes pas agressif, mais en garde, avec, dans le sourire, cette pointe de canine qu'il montrait et montre encore quand nous parlons de nos royaumes, de ces régions de l'esprit dont il s'imaginait sans doute que nous souhaitions de l'exclure et dont il s'est, par entêtement, lui-même, interdit l'accès.

Cécile s'assit devant le piano, laissant tomber sur le fort et lourd garçon un sourire de princesse. Elle joua le premier mouvement d'une sonate de Mozart, une de nos sonates préférées. Insoucieuse, je le sentais, de faire quoi que ce fût pour amadouer, pour séduire ou duper l'auditeur, elle joua parfaitement bien cette page difficile et simple. Joseph écoutait. Il n'est certes pas dépourvu de la faculté d'attention. Bien assis sur sa chaise, les mains aux cuisses, le sourcil sérieux, il écoutait donc. Je pense que, secrètement, il n'était pas insensible à l'enchantement d'un art souverain, mais on eût dit qu'il résistait, tout au moins pour la dignité de son personnage. Il prononça, comme Cécile écoutait le dernier accord :

— Aucun doute, c'est bien. Et ne crois pas que je ne comprenne pas ça tout aussi bien que vous autres. Ce n'est pas si difficile que vous avez l'air de le dire. Et maintenant, Cécile, un mot. Gagne de l'argent, ma sœur. Gagne de l'argent avec ça, je veux dire avec ton talent. Et ce sera tout à fait bien. Un point, c'est tout.

Cécile jeta sur Joseph un regard étincelant.

— J'en gagnerai! siffla-t-elle.

Et Joseph, la voix placide :

— Je ne demande pas mieux.

— Cécile! m'écriai-je, si Valdemar t'entendait.

Elle me désigna Joseph, d'un mouvement du menton, et sourit pour me rassurer.

Père poussait, dans le silence, un long soupir musical, ce soupir que, précisément, j'appelais, par-devers moi, le soupir de l'argent. Il fit une cigarette et dit qu'il allait nous quitter, et qu'il était temps pour moi de gagner le lycée.

— J'irai te prendre un jour ou l'autre, à la sortie, me lança Joseph.

Le soir même, je le trouvai sur la place du Panthéon. Il avait mis des vêtements civils et s'était bien savonné. Il avait l'air non pas élégant — il n'a certes jamais recherché l'élégance — mais correct et soigné. Il méprisait tout ce qui sentait le relâchement, la négligence. Il était monté deux ou trois fois chez Mme Henningsen et il avait dit au retour, avec une moue féroce : « Peuh! genre artiste! » expression demeurée, malgré nous, dans notre vocabulaire. On sentait ce Joseph déjà fortifié sur toutes ses positions et prompt à la riposte, prompt à l'attaque.

Il me prit le bras d'un geste qu'il voulait amical et qui l'était, avec un rien de brusquerie. A vrai dire, cette brusquerie, je l'exagérais moi-même par ma propre résistance. Je me suis toujours trouvé, vis-à-vis de Joseph, en état de contracture. Quand nous étions petits, Joseph, conséquent à sa doctrine d'autorité, nous distribuait des taloches. Cette coutume a duré jusqu'à ma douzième année, jusqu'à certaine bataille en règle où j'eus peut-être le dessous, mais qui, du moins, m'assura l'autonomie. De tels souvenirs sont vivaces : j'ai, pendant des années, au moindre mouvement de Joseph, senti mes muscles, malgré moi, se mettre sur la défensive.

— J'espère, dit-il, que tu n'es pas pressé. Car il faut que je te parle.

— Parle.

— Non, tout à l'heure, quand nous aurons plaqué tous tes camarades.

Il ne souriait plus. Il allait, regardant droit devant lui, car il n'est pas de ceux qui méditent la tête basse. Il avait ce visage contrarié qui, chez lui, exprime la tristesse. Il m'entraîna jusqu'aux quais de la Seine et commença tout à trac :

— Qu'est-ce qu'il y a ?

— Moi ? rien.

— Il ne s'agit pas de toi. Il s'agit de la maison. Qu'est-ce qu'il y a ? Qu'est-ce qui se passe ?

Je me sentis rougir et pris mon air le plus froid pour suivre de l'œil un bateau qui remontait le fleuve en criant.

— Quand j'étais ici, poursuivit-il, je voyais tout, je savais tout. Mais, maintenant ! Ce n'est pas à cette grande mollasse de Ferdinand que je peux m'adresser. Il n'a point de bon sens. Alors ? Toi, tu n'es encore qu'un gosse, mais tu n'es pas absolument une moule.

— Merci.

— Je dis ce que je pense.

Il fit quelques pas et reprit d'une voix moins rogue où l'on sentait flotter une ombre d'inquiétude :

— Enfin, qu'est-ce qu'il y a encore ?

Il me jeta un regard de biais et lança :

— Une histoire de femme ?

J'étais résolu, depuis le début de l'entretien, à fuir toute confidence. Il n'y avait, dans mes drames intimes, aucune place pour Joseph ; rien, dans mes pensées, à la couleur, à la mesure de Joseph. Je fus pourtant pris au dépourvu.

— Comment le sais-tu ? m'écriai-je.

Il haussa les épaules d'un air excédé.

— Qu'est-ce que tu veux que ce soit ?

— Penses-tu que les sujets d'ennui manquent à la maison ?

— Non, trancha le grand garçon, secouant la tête. Non. Je sais ce que je dis. Suffit de regarder maman. Alors, toi, tu sais quelque chose...

— Non. Rien. Si... si... Peut-être. L'histoire, oui, l'histoire dont tu parles, eh bien, je pense que ça se termine.

Joseph me lança, de côté, un regard inquisiteur.

— Tu n'es pas tout à fait aussi... chose qu'on pourrait le croire. Et qu'est-ce qui te fait penser ça ?

— Peux pas dire. Une impression.

— Une impression ? Parole ! Autrement dit, tu

ne sais rien. Et ça n'a d'ailleurs aucune importance. Si cette histoire-là se termine, une autre commencera.

Il se prit à frapper le sol de son pied. Il grondait :

— Faut en prendre son parti ; mais c'est dégoûtant quand même.

— Pourquoi penses-tu que ça recommencera? Non, ce n'est qu'un...

— Quoi?

— Je ne sais pas. Un accident.

— C'est ça! Un égarement, comme on dit dans les feuilletons. Je vois qu'en définitive tu n'es pas très malin, mon garçon. A ton âge, oui, à ton âge, moi, je savais tout, je voyais tout, j'étais au courant de tout.

— A mon âge! Quand tu avais mon âge, tu ne pouvais rien voir. Il n'y avait rien à voir.

Je devais changer de couleur, trembler un peu. Joseph laissa paraître un sourire de compassion. Il m'avait saisi le bras, triomphant de ma résistance. Il m'entraînait, il accordait son pas au mien. Il parlait d'une voix sourde et d'un air soucieux qu'on ne lui connaissait guère.

— Tant pis! Il faut que tu saches. Ça va peut-être te désoler, parce que tu es une âme sensible. Que veux-tu? Il est comme ça.

— Joseph! Tu ne veux pas dire... Il n'a jamais rien fait...

— Qu'est-ce que tu vas imaginer, maintenant? Tu es pire qu'une femme nerveuse.

— Il n'a jamais rien fait de très mal.

Joseph haussa les épaules.

— Ne me fais pas rire : je n'en ai pas la moindre envie. Pour lui, tout ça n'est pas mal. Je te dis qu'il est comme ça. Il ne peut pas regarder une femme sans... Je comprends. Je comprends bien. Quand même, à ce point-là!

— A quel point, Joseph?

Joseph écarta les bras d'un geste large.

— Toutes, ma foi! Oui, toutes celles qui passent à portée de sa main. Beaucoup dont nous n'avons rien su et d'autres que nous connaissions.

— Mais, Joseph...

— Il n'y a pas de mais. C'est comme ça. La personne

de maintenant, je n'en peux rien dire. Je suis à Toul, tu comprends? Toul! Une ville moisie, au tonnerre de Dieu. Mais avant, c'était Mme Hemmer.

— Joseph, c'est impossible. Mme Hemmer, la brodeuse...

— C'est parfaitement possible. Et, avant Mme Hemmer, c'était Georgette Duc. Celle-là, tu ne l'as pas connue. Elle n'était pas mal. Et, avant Georgette Duc, la teinturière de la rue Perceval. Je ne me rappelle plus son nom. On ne peut pas se les rappeler toutes. Et, avant Georgette Duc aussi, ou peut-être en même temps, la fameuse histoire avec Mlle Legris. Et, tiens : tu te rappelles Mlle Bailleul?

— Oh! fis-je, Mlle Bailleul! Non! Non!

— Effectivement, poursuivit Joseph en baissant la voix, celle-là, il n'a pas réussi. Elle était quand même trop pieuse. Mais il a tourné autour pendant des mois et des mois. Qu'est-ce que tu as, Laurent?

— Rien.

— On en prendrait son parti, si nous étions seuls, nous, les enfants. Si elle... n'était pas comme elle est, malheureuse comme elle est. Encore une fois, qu'est-ce que tu as? Tu n'es pas une petite fille.

— Je n'ai rien. C'est terrible.

— C'est embêtant, voilà. C'est embêtant qu'il soit comme ça et qu'il n'y ait rien à faire.

Il avait lâché mon bras et fourré les mains dans ses poches. Il regardait devant soi, à l'infini, l'air si sincèrement navré qu'il me toucha le cœur. Puis il repartit, l'accent plus dur :

— Toi, Laurent, tu es ce qu'on appelle un garçon sentimental. Je n'y vois pas d'inconvénient. C'est ta qualité comme ça. Mais je te répète qu'à ton âge, j'avais tout vu, tout compris. Tu fais du latin, du grec. Tu dis que ça développe la faculté d'analyse. C'est possible, c'est bien possible. N'empêche que tu n'es pas observateur. Mme Hemmer! Tu ne savais pas Mme Hemmer? Une histoire qui crevait les yeux. Ça prouve que tu n'es pas observateur. Tu veux devenir un savant. Ce n'est pas plus bête qu'autre chose. N'empêche que tu devrais commencer par comprendre ce qui se passe autour de toi.

Joseph retrouvait un de ses thèmes de querelle. Je ne relevai pas le gant.

— Joseph, murmurai-je, il faut que tu me dises quelque chose.

— Oh! maintenant, tout ce que tu voudras.

— Joseph, tu l'aimes encore? Tu peux encore l'aimer?

Il inclina légèrement sa tête sur le côté :

— Moi? Oui. Bien sûr. Pourquoi pas?

— Il nous a trompés.

— Il ne t'a pas trompé du tout. Ce n'est pas toi qu'il a trompé.

— Si! si! si! Je te dis qu'il m'a trompé.

— Il se moque pas mal de tes idées sentimentales. Et moi, eh bien, oui, je m'en moque aussi, sache-le. Ce que je lui demande, ce que je lui demanderais, si je pouvais lui parler...

— Mais tu ne peux pas, tu n'oses pas...

— Moi, je suis positif, je ne me bats pas contre les murailles. Mettons même que je n'ose pas. Ce que je lui demanderais, vois-tu? c'est de ne pas brouiller les choses, d'éviter les imprudences, de ne pas se faire remarquer, de ne pas nous rendre la vie impossible.

— Et le mensonge, fis-je avec désespoir, le mensonge!

Joseph me regardait, surpris :

— Quel mensonge?

Nous fîmes encore quelques pas et Joseph, avec un geste de magister :

— N'oublie pas, quoi qu'il arrive, n'oublie pas qu'il te nourrit.

— Ça m'est égal.

— Tu dis ça, parce que tu ne sais pas ce que c'est de ne pas manger, je veux dire de ne pas manger du tout.

— Tu ne le sais pas non plus.

— Si. Moi, j'en sais quelque chose.

Il sourit drôlement et prit un air confidentiel.

— Quand j'étais chez Meyer et Greffhule — rappelle-toi : plus de deux ans —, je ne rentrais pas déjeuner à la maison, à cause des omnibus, et j'avais dix sous pour ce repas. Eh bien, pendant plus de deux ans, je me suis privé de nourriture. Je laissais les copains filer, et moi, le temps de leur déjeuner, une heure et demie, je tournais autour d'un pâté de maisons. Rue Montmartre, rue du Mail, rue Notre-Dame-des-Victoires, etc., etc., Oh! Je connaissais toutes les boutiques et je ne marchais pas trop vite pour ménager mes chaussures.

— Oui, fis-je, la volonté!

— La volonté, naturellement, et le reste. Au bout de deux ans, j'avais deux cents francs à moi, bien à moi.

— Deux cents francs! Qu'est-ce que tu en as fait?

Joseph rit, cligna de l'œil, puis, d'une voix grave :

— Je les ai mis dans une affaire.

. — Et ils existent toujours?

— Bien sûr! Moi, je ne suis pas... comme lui. Je ne gaspille pas l'argent. Ils existent, mes deux cents francs, et c'est même tout à fait comme s'ils n'existaient pas.

— Je ne te les demanderai pas, sois tranquille.

— Et tu feras bien, car je ne te les donnerais pas. L'argent placé, c'est sacré. On n'y touche à aucun prix. On l'a, mais c'est comme si on ne l'avait pas. Tu comprendras plus tard, si tu deviens un homme sérieux.

— Je ne sais pas ce que tu appelles un homme sérieux, mais je sais bien ce que je veux. Je veux une vie où l'on ne parlera jamais d'argent, une vie sans papier timbré, sans traites, sans encaisseurs, sans protêts, sans billets, sans hommes d'affaires...

Joseph riait à pleine gorge.

— Le paradis terrestre, avec les serpents qui caressent les petits agneaux. Et de beaux livres de latin et de grec pendus à l'arbre de science.

— Oui, fis-je, les dents serrées, avec le latin et le grec dont tu as bien tort de te moquer.

— Les gens de ton espèce, gronda Joseph enfin saisi de sa querelle, ont tendance à s'imaginer qu'on ne peut pas faire de grandes choses sans avoir, au préalable, récité Virgile par cœur. C'est un point de vue de pion.

— Tu ne sais pas ce que tu dis. Même ceux qui tracent les routes, même ceux qui construisent des bateaux ou des locomotives, ils ont récité Virgile.

— Je te prierai de remarquer, fit Joseph d'une voix insinuante, que tu ferais mieux, tout bien pesé, de ne pas placer la discussion sur ce terrain-là. Si tu fais du latin et du grec, toi, Laurent, c'est que moi, Joseph, moi, l'aîné, je me suis sacrifié pour les autres. C'est un compte qu'il nous faudra régler, un jour à venir. Ne dis pas le contraire, ou je te donnerai des preuves, chiffres en main. Mais nous reparlerons de ça. S'il faut du grec et du latin pour faire ce que je veux faire, sois tranquille : on en aura.

Et, comme je le regardais avec étonnement, il dit encore :

— S'il faut des latinistes pour faire ce que je veux faire, eh bien, j'en achèterai. Les savants de ton espèce, on les achète, comme les autres, comme le reste, et on les fait travailler, comme les autres, comme des employés, comme des domestiques, et puis, quoi... comme tout le monde. Et voilà : j'en achèterai.

— Avec tes deux cents francs?

— Ils auront fait des petits.

Nous remontions, si je me souviens bien, la calme rue Cuvier. Joseph marcha longtemps sans lâcher une syllabe. Et, soudain, d'une voix tranquille, comme s'il parlait aux anges, il murmura :

— Je m'en fous. Oui, parfaitement, voilà le mot : je m'en fous.

CHAPITRE XIV

UNE VISITE FACHEUSE. CONSÉQUENCES DE L'OBSCURE
AFFAIRE DUCHAUSSOY. CHANSON POPULAIRE ET MU-
SIQUE DE SCÈNE. PROPOS SUR LES OFFICIERS MINIS-
TÉRIELS. QUE LE MOT SAISIR EST ÉNERGIQUE, MÊME
AU SENS FIGURÉ. UNE COLÈRE BIEN CONTENUE.
ARGUMENT TIRÉ D'UN PIANO. CAPITULATION DE
NOTRE MÈRE.

C'était un jour de semaine et, pourtant, nous
devions manger tous ensemble, à cause de Joseph.
Père était revenu de bonne heure et nous n'attendions plus que Ferdinand. Thérèse Segrédat, notre
douce voisine, aidait maman à mettre le couvert.
Thérèse était petite, ronde en tous ses gestes, lai-
teuse de teint, toujours vêtue de noir. J'aimais son
visage au regard effarouché. Je prenais un indicible plaisir à la contempler, de loin, quand elle
ne me voyait pas et que je ne risquais point de l'inti-
mider.

Une fenêtre était ouverte, dans la chambre des
parents. De la cour, montait une voix rauque, ac-
compagnée par des violons. Elle chantait une chanson
qu'Eugénie Buffet venait d'apprendre à tout Paris :

> *Nous nous rions de toutes choses,*
> *Ayant déjà tout éprouvé,*
> *Tout rêvé...*

De temps en temps, on percevait, sur le pavé, le bruit d'un sou de bronze.

La sonnette de la porte tinta. Joseph dit : « Voilà Ferdinand. » Et il passa dans l'entrée. Il revint presque aussitôt et murmura : « Maman, c'est l'huissier. »

Il y eut un instant de silence. Maman s'assit sur une chaise, porta la main à sa poitrine, pâlit un peu et répondit avec beaucoup de simplicité :

— Dis-lui d'entrer, Joseph.

— Ils sont trois.

Mère fit un geste vague. Joseph restait immobile et cherchait papa du regard. Notre père était debout contre la porte de la salle à manger. Il se redressa, « poitrina », sourit, tira sur ses longues moustaches dorées et dit :

— Qu'est-ce que tu attends, Joseph ?

Joseph s'enfonça dans le noir du vestibule. On entendit un bruit de souliers. Notre logement était petit. Le vestibule traversé, ce qui se faisait en deux ou trois pas, les visiteurs pénétraient soit dans la chambre des garçons soit, de préférence, dans la chambre des parents, qui semblait moins encombrée. Thérèse Segrédat fit un mouvement pour se retirer. Elle semblait fort émue. Mère dit à voix basse :

— Restez, je vous en prie, Thérèse.

Et Thérèse se tint debout, derrière la chaise de maman, comme une demoiselle d'honneur.

La porte s'ouvrit alors et les hommes de loi parurent.

Le premier, l'huissier, le chef, était un gros personnage encore jeune, membru de long, vêtu d'une jaquette sombre. Il retira son chapeau, un canotier de paille jaune, et s'en servit pour s'éventer. Il avait des mains énormes, couvertes d'un duvet rouge. Il était à moitié chauve et portait, aux joues, ces grosses touffes de poil crépelu mises à la mode, je pense, par l'empereur François-Joseph.

Son principal assistant était un vieillard minable, accoutré d'une longue redingote et d'un gilet à fleurettes tout maculé de morve et d'œuf. L'autre clerc était un enfant à peine plus âgé que moi. Tous deux portaient de grands portefeuilles de cuir bondés de paperasses.

Ils entrèrent et, comme la chambre était étroite, nous fûmes aussitôt si près les uns des autres que nous ne pouvions plus faire un geste.

— Madame, dit lestement l'huissier, c'est pour l'affaire Duchaussoy.

Et, comme notre mère faisait un signe de tête, il ajouta, le ton plaisant :

— Vous vous en doutiez. Moi aussi.

Papa lâcha le plus fulgurant des sourires. Il dit, pesant chaque mot :

— Monsieur, faites votre travail, et sans commentaire. Je connais la cérémonie et ne supporterai aucune fantaisie désobligeante.

Le gros homme gonfla ses joues, souffla, se tourna vers ses clercs.

— Alors, donnez lecture.

Le vieillard commença de lire un cahier de papier timbré. Par la fenêtre ouverte, entraient les bruits de la cour.

> *Et loin des lilas et des roses,*
> *Gaîment nous battons le pavé.*

— Ferme la fenêtre, Laurent, soupira ma mère. J'obéis. La chambre parut aussitôt plus lourdement chargée de contrainte et de courroux. Le vieux clerc marmonnait, papa souriait au plafond, maman baissait la tête, l'huissier remuait son chapeau comme un éventail. Là-dessus, Ferdinand survint. Il bégayait : « Qu'est-ce qu'il y a ? Qu'est-ce qui se passe ? » Joseph lui dit : « Tais-toi ! » Et Ferdinand se tut, regardant l'un après l'autre tous les visages, avec ses yeux de myope qui ne distinguaient rien. Cécile était debout, tout à côté de notre père. Elle semblait parfaitement indifférente, mais sa bouche se serrait sur une belle petite colère Pasquier. Soudain, elle passa la porte et la referma derrière elle. Presque aussitôt le piano se fit entendre.

— Qu'est-ce que c'est ? dit l'homme de loi.

— La musique, monsieur, fit mon père, le doigt

levé, gravement. Nous vous devons l'accès des lieux, nous ne vous devons pas le silence.

Le bonhomme posa son chapeau sur le marbre de la commode. Il soufflait jusque dans les touffes de crin de ses joues :

— Ne faites donc pas le malin. Vous n'avez rien à y gagner. Si vous aviez payé vos dettes, nous ne serions pas chez vous.

— Pas de morale, monsieur, répondit papa. Si nous n'existions pas, nous autres, les mauvais payeurs, nous autres, les pauvres gens, vous claqueriez du bec, vous et votre séquelle ; vous n'auriez rien à faire au monde. Nous sommes votre raison d'être, nous sommes votre gagne-pain. Vous devriez nous bénir, nous saluer à pieds baisés.

L'huissier haussa les épaules et dit, tourné vers ses gens :

— Écrivez. Je vais dicter.

La température de la chambre s'élevait petit à petit. Notre père semblait résolu fermement à ne pas se mettre en colère ; mais de la force comprimée s'échappait de lui, comme un fluide, et nous montait à la cervelle. Nous étions tous empoisonnés par cette fureur sans issue. Notre petite sœur Suzanne, à laquelle nous ne pensions plus, commença soudain de pleurer. Maman se couvrit les oreilles de ses paumes. Elle disait :

— Emmenez l'enfant, Thérèse. Elle ne devrait pas être ici.

Et l'huissier, pendant ce temps :

— Une commode en acajou, de style Louis-Philippe...

Thérèse prit Suzanne et quitta l'appartement. De l'autre côté de la cloison, Cécile jouait à plein clavier. Je ne pouvais pas m'empêcher d'entendre ce qu'elle jouait, et j'admirais son sang-froid, son courage aussi. Pour moi, j'avais les yeux brûlants, la respiration courte. Je regardais mon père avec une frayeur religieuse, car je savais ce dont il était capable. Mais il semblait, ce jour-là, parfaitement maître de lui. Son sourire, seulement, prenait une couleur cruelle.

Les gens de loi progressaient pas à pas dans la chambre. Le plus vieux écrivait, sur une planche à laquelle était fixé un petit flacon plein d'encre. Le chef dictait, en grande hâte. Il décrivait nos meubles en quelques mots, et nous avions le sentiment que, par ces quelques mots, il nous confisquait nos meubles, qu'il nous les prenait déjà. Maman demeurait assise, fière, muette, bien droite. Papa toucha ses propres joues à la place même où le gros huissier portait des touffes de barbe, et il regarda le ciel avec un extraordinaire sourire de pitié. Puis il dit, la voix chantante :

— Vous, monsieur, qui êtes de robe, ou c'est tout comme, vous savez peut-être ce que ça peut coûter, au point de vue légal, s'entend, quand on se laisse aller à certaines libertés. Par exemple : une paire de gifles ?

L'huissier répondit froidement :

— Je ne sais pas, à mille francs près, mais ça peut revenir très cher.

— Dommage, fit mon père, car, en ce moment, je ne suis pas en état de m'offrir une grosse dépense. Monsieur, vous avez de la veine.

— Plaît-il ?

— Oui, c'est à vous que je pensais. Vraiment, vous avez de la veine. Ne cherchez pas : je connais les subtilités de la loi. Je déclare publiquement que je n'ai pas l'intention de vous donner une paire de gifles.

Son œil luisait, glacé.

— Allons, restez donc tranquille, fit le bonhomme en haussant les épaules. Si vous continuez comme ça, vous allez gâter votre affaire.

— Raymond ! dit enfin maman. Pour l'amour de Dieu !

L'huissier murmura : « Permettez », et passa dans la salle à manger. Nous le suivions, serrés les uns contre les autres, sauf notre mère qui n'avait pas quitté sa chaise. Joseph, les mains aux poches, me disait avec froideur :

— Ça ne sert absolument à rien d'exciter ce malotru. Il ne fait que sa besogne. Il faut aller trouver les gens et s'arranger avec eux. Maman m'étonne. Quel changement !

Cécile s'arrêta de jouer. L'huissier disait :

— Écrivez : un piano à queue. Pleyel. Numéro de série...

— Je vous demande pardon, dit papa, soudain sérieux. Ce piano n'est pas à nous.

— En ce cas vous devez produire une lettre du propriétaire, datant de l'entrée du meuble et réservant tous les droits.

Nous nous regardâmes avec consternation. Nous n'avions même pas notion qu'une telle lettre pût être nécessaire.

— Peut-être, balbutia Joseph, que Valdemar possède une lettre...

Père semblait complètement déconcerté. Il fronçait le sourcil :

— Tu entends, Lucie ?

Mère fit « oui », de la tête.

— Je vous répète, cria papa, que ce piano n'est pas à nous.

— Qu'est-ce que vous voulez que j'y fasse ? dit le gros homme avec ennui. Vous n'avez qu'à montrer la preuve. Vous devriez être en règle, au lieu de faire le fendant, au lieu de vous moquer du monde. Écrivez : B. 28016.

— Je ne peux pas vous laisser faire.

— Vous ne pouvez pas m'empêcher. Au reste, soyez tranquille, ce n'est pas moi qui vais l'emporter, tout de suite, sur mes épaules. Après tout, débrouillez-vous. Vous avez la langue assez bien pendue.

Cécile recommença de frapper le clavier. Papa disait : « Ce n'est vraiment pas possible. » Joseph, les mains aux poches, mordillait sa jeune moustache et moi, tout près des larmes, je lui disais : « Je peux devenir un homme. Jamais, Joseph, je ne veux voir ces gens-là dans ma maison, quand j'aurai une maison. »

Joseph secoua la tête :

— La saisie n'a pas d'importance. On peut toujours arrêter les frais. Ce que je trouve ridicule, oui, ridicule, c'est de se laisser saisir pour trois cent vingt-cinq francs.

Les gens de loi terminaient l'inventaire. Ferdinand soupira : « Ça sent le brûlé. » Je courus dans la cuisine. Des mots m'arrivaient de loin : « Une armoire de noyer ciré, ferrures de cuivre... »

Quand je songe à ce jour d'été, je vois encore une autre scène. Les gens de loi sont partis. Nous discutons, toutes portes closes, entre nous, entre Pasquier. Nous discutons à voix sourde. Papa, dans un coin, affecte de lire son journal en fumant une cigarette. Maman est assise dans le fauteuil, son visage est contracté. Nous sommes tous, nous, les enfants, rassemblés autour d'elle pour la prier, pour la convaincre, Joseph dit de ces choses que l'on dirait à une malade : « Nous pouvons laisser tout vendre, c'est entendu, c'est convenu. Même le buffet de tante Alphonsine, même l'armoire de noyer. Mais pas le piano de Valdemar! Nous ne pouvons pas laisser vendre une chose qui n'est pas à nous. » Maman balbutia les mots d'une résistance exténuée. Joseph repart à l'attaque : « Nous savons que cet argent, c'est pour nous que tu voulais le garder. Eh bien, nous y renonçons. Signe, maman, signe. Et qu'on n'en parle plus, que ce soit fini. Père et moi, nous ferons le nécessaire. »

Maman dit alors : « C'est fini. Je vais signer. Vous êtes là, tous, autour de moi. Vous me brisez la tête. Ne dirait-on pas, mon Dieu! C'est affreux. Allons, mettez-vous à table. Puisque je vous dis que je signerai. »

Le repas commence. Nous n'avons pas encore ouvert les fenêtres, comme si nous avions quelque chose à cacher au monde, comme si notre angoisse avait de l'odeur. Chacun, du bout des lèvres, feint de saisir une bribe. Rien ne passe, même pas l'eau. Ferdinand s'en va le premier. Cécile se cache dans un coin. Père et Joseph restent là, couvant maman du regard. Et maman soupire, la voix morte :

— Rends-moi service, Laurent : va promener ta petite sœur. J'écrirai, pour ton lycée. Pardon, Laurent.

Je prends Suzanne par la main. Une minuscule patte brûlante. Pendant deux heures, nous errons, la petite fille et moi, dans ce jardin poudreux que Cécile enfant appelait le jardin des bêtes sauvages.

CHAPITRE XV

Le lendemain, Thérèse Segrédat vint nous voir à la fin de la matinée. Elle était en costume de ville. Elle portait des mitaines de tricot noir et un réticule de crêpe. Je l'apercevais, assise à côté de maman, dans la salle à manger où Cécile écrivait sur de grandes feuilles réglées.

Soudain, Thérèse baissa la voix. Elle était moins pâle qu'à l'ordinaire. Elle semblait contenir avec peine un besoin de larmes. Elle dit :

— Madame Pasquier, je suis sortie, ce matin, et je vous apporte l'argent.

Maman regarda soudain Thérèse avec cette fixité léthargique dont, parfois, j'avais grand-peur. Elle murmurait :

— Quel argent ?

Thérèse commença à trembler de tout son corps et tira du réticule une enveloppe jaune, cachetée.

— Il est à moi, madame, à moi, je vous assure. Et le voilà ! Prenez-le ! Je ne veux pas que vous soyez malheureuse. Je ne veux pas, non, je ne veux pas que M. Pasquier se mette en colère. Alors, prenez, madame. Prenez ! Je serai si contente.

Elle baissa la tête et se mit à pleurer. Notre mère lui caressait les cheveux, soupirant :

— Pauvre Thérèse! Pauvre enfant! Elle ferait comme elle dit. Mais non, je vous remercie. Tout est arrangé, ma gentille Thérèse. L'argent, nous l'avons trouvé. Enfin, ils l'ont. Mon mari, en ce moment, doit faire le nécessaire. Oui, c'est ça, le nécessaire. Pauvre Thérèse! Je ne peux pas vous expliquer.

Thérèse, maintenant, souriait, le regard au zénith. Elle tenait toujours l'enveloppe entre ses doigts frémissants. Bien sûr, elle ne pouvait pas comprendre les obscures convulsions de notre clan, de notre monde. Elle n'entrevoyait, de loin, que la lueur de nos orages. Elle n'était qu'ignorance, douce ignorance et compassion. Je lui dédiai, de loin, un cantique de gratitude et de tendresse.

Mère la regardait toujours, du même regard attentif. Elle prit l'enveloppe et la replaça soigneusement dans le réticule de crêpe. Thérèse disait, cependant :

— J'y ai pensé toute la nuit. J'ai prié toute la nuit et voilà que vous n'acceptez pas.

— N'ayez crainte, disait maman, l'œuvre vous sera comptée comme si vous l'aviez faite.

Les deux femmes échangèrent encore quelques propos apaisés. Thérèse regarda Cécile et dit :

— Je n'avais jamais remarqué comme vous ressembliez à votre frère, je veux dire à votre frère Joseph, que nous ne voyons pas souvent. Il a l'air très intelligent et, surtout, très énergique.

Cécile se leva sans répondre, jeta la tête en arrière pour laisser tomber ses grandes nattes et vint jusque dans ma chambre. Elle se promena quelques instants entre les lits. Elle jetait de longs coups d'œil au miroir de la muraille. Et, soudain, me montrant un visage décomposé, elle cria tout bas :

— Cette fille est complètement folle.

— Oh! Cécile, murmurai-je, la voix grosse de reproche et même de dépit, n'as-tu pas entendu, n'as-tu pas compris ce qu'elle vient de faire? Thérèse est un ange.

L'enfant, comme une jeune cavale, grattait le sol à coups de pied.

— Elle est bonne, mais elle est bête.

Cette colère me bouleversa. Je n'étais toutefois pas sans comprendre Cécile. On me disait alors, souvent, que je ressemblais à l'un ou à l'autre de mes frères, et cette remarque, même présentée parmi d'autres compliments, cette remarque faite, je pense, dans le dessein de me complaire, me causait un vif malaise. Je me suis, depuis ce temps, donné comme règle de ne jamais parler à qui que ce soit d'une ressemblance, même flatteuse, et surtout de parentèle : on ne sait pas ce qui fermente dans le tréfonds des familles.

Ainsi que le disait maman, notre père avait fait, dès le matin, « le nécessaire ». Il y eut, à la maison et peut-être hors de la maison, des conciliabules à l'écart desquels je fus tenu, sans doute à cause de mon âge et peut-être aussi de ce que Joseph appelait « mon absurde sensibilité ». J'appris, plus tard, que Ferdinand avait reçu, de mon père, une somme de cent francs, et je me demande encore quelle éloquence insoupçonnée lui valut cet apanage. Joseph se fit attribuer une somme de deux cents francs, en remboursement partiel de l'emprunt négocié sur son titre. Papa garda le reste, comme il faisait toujours. Quant à mère, elle semblait soudain lasse, étrangère et complètement indifférente à cette ténébreuse petite curée. Je donne ces menus détails pour ce qu'ils jettent de clarté sur certains points de mon récit.

Toute la journée se passa dans une fièvre chuchotante. Père sortit, revint, sortit encore, le tout avec un grand luxe de sourires bleus. Vers six heures, il reparut. Il portait un bouquet de roses et un de ces gâteaux à la crème appelés « Saint-Honoré ». Il posa le tout sur la table et dit d'un air gracieux qu'il y avait conférence à la Faculté de médecine et qu'il regrettait beaucoup de ne pas dîner avec nous. Ferdinand, ce soir-là, devait aller au théâtre en société d'un camarade qui l'avait, en outre, prié au restaurant. Joseph restait, mais déclara qu'il sortirait, dans la soirée, « pour ses affaires ».

La chaleur était pénible et le repas fut sans joie. Maman faisait, avec lenteur, des gestes de somnambule. Valdemar parut, comme nous quittions la table. Il avait l'air agité. Il dit à Cécile :

— C'est une journée gâchée. Je ne vous ai guère entendue... Et vous n'avez rien fait de propre. Il faut travailler une grande heure.

Mère débarrassa la table. Valdemar faisait claquer son pouce contre son médius. Joseph regarda tous les visages à la ronde, haussa froidement les épaules et prit son chapeau. Les musiciens s'enfermèrent et, tout de suite, le piano parla. Il ne parlait pas seul. La voix de l'étrange professeur jaillissait, par intervalles. Cécile répondait, s'arrêtait de jouer, s'y reprenait avec fureur. L'éternel combat de ces deux âmes grondait dans le soir de juillet. J'avais pris un livre et ne pouvais lire. Soudain, j'entendis Cécile fermer le clavier. Elle criait, d'une voix vibrante :

— Non! Non! J'aime mieux laver la vaisselle! J'aime mieux gratter le plancher avec la paille de fer. Je ne veux pas qu'on me martyrise!

Nous étions faits à ces éclats et, pourtant, mère et moi, nous écoutions, le cœur lourd.

La porte s'ouvrit et Valdemar parut. Était-ce l'effet de la chaleur, il avait l'air d'un homme ivre. Il fourrageait sa chevelure et criait :

— Je suis l'esprit. Moi, moi, je suis le génie. Et, par erreur, par dérision, par malédiction, j'ai des mains de terrassier. Mais elle, la petite fille, c'est elle qui a mes mains. Elle a mon corps. Elle a le corps de mon génie. Alors, il faut qu'elle obéisse.

Il nous aperçut, mère et moi, tous deux assis sous la lampe et dit, riant bizarrement :

— Elle obéira, je le jure. Ou je me trancherai le poignet, rien que pour lui faire comprendre que j'ai besoin de ses mains, rien que pour qu'elle sache qui je suis. Valdemar Henningsen! Je vais me trancher le poignet.

Il regardait, autour de lui, cherchant une arme, un couteau. Alors nous vîmes une chose extraordinaire : l'impassible, la froide Cécile sortit de l'ombre et se jeta sur Valdemar. Elle lui serrait les mains, puis elle le tint embrassé. Elle gémissait :

— Dites-lui qu'il se calme! C'est quand il est comme ça que je ne fais rien de bon. Laurent, Laurent, je ne veux pas qu'il me tourmente. Et je ne veux pas non plus qu'il dise des choses effrayantes.

Nous eûmes bien du mal à pacifier nos fous. Enfin, Valdemar partit et Cécile fut se coucher. Nous l'entendions, tout près de nous : elle toussait parfois d'une voix rauque et, parfois, elle se retournait d'un tel que les ressorts du lit pliant répandaient une longue vibration sanglotante.

Maman s'arrêtait de coudre. Elle écoutait, d'une manière particulière, repliée, comme si le bruit de toutes ces existences enchaînées, elle l'eût perçu non dans le vaste monde, mais à l'intérieur d'elle-même.

— Maman, dis-je tout bas, pour Cécile, tu sais bien que ce sont des enfantillages.

Elle hocha la tête à petits coups et ne répondit pas tout de suite. Enfin, d'une voix des lèvres, d'une voix à peine exhalée :

— Des enfantillages ? Peut-être. Mais je ne sais plus, je ne sais plus. Mon Dieu! comme j'aurais voulu que vous restiez toujours des petits, mes tout petits. J'avais du mal ; mais j'étais si heureuse. Je vous écoutais, la nuit, respirer contre moi, et rien ne m'était trop dur. Maintenant, voilà que vous êtes là, tous, avec vos idées, vos tracas, toutes vos histoires à vous que je ne comprends même plus et dont vous ne me dites rien.

Nous retombâmes dans le silence. Je relevais parfois les yeux. J'apercevais alors ma mère courbée sur sa couture et j'essayais d'imaginer les pensées qui remuaient sous ce visage fatigué. A un moment, la petite Suzanne se prit à geindre. Elle devait faire un cauchemar et respirait avec effort. Maman s'assit près du lit et chanta tout bas cette berceuse de notre enfance à tous, cette complainte naïve et cruelle qui nous a tous effrayés, tous endormis :

> ... Si l'enfant se réveille,
> On lui coupera l'oreille,
> On la mettra à fricasser
> Dans un petit pot cassé.

Suzanne se rendormit. Maman prit la lampe.

— Allons dans ta chambre, Laurent. La petite dormira mieux.

La fenêtre de ma chambre était ouverte. Elle donnait,

je l'ai dit, sur la rue. Je me remis à lire et maman reprit son ouvrage. Deux ou trois fois encore, nous entendîmes Cécile se retourner dans son lit et, chaque fois, un ressort se détendait avec un doux son de cloche. Puis le silence vint. Maman soupira : « Onze heures », et je compris, au timbre de sa voix, qu'elle avait dit cela, cent fois, mille fois, dans une solitude mélancolique où j'étais, ce soir, admis.

De longs moments passèrent encore. Il m'arrivait de lire deux ou trois pages de mon livre sans savoir ce que j'avais lu. Alors, je recommençais, ligne à ligne, mot à mot.

Paris bouillonnait au loin, comme une sombre chaudière. A notre droite et derrière nous, on devinait de grandes étendues de silence noir : le Jardin, la Halle, le fleuve. De temps en temps, un omnibus passait, au bout de notre rue, dans un bruit de galopade. A d'autres moments, on percevait le roulement assoupi d'un fiacre maraudeur, à d'autres moments encore, un craquement de semelles sur le trottoir. Maman commença d'aller chaque fois à la fenêtre.

Un peu plus tard, on entendit chanter un coq, du côté de la Halle aux vins. Puis une cloche aérienne. Maman murmura :

— Minuit. — Elle ajouta, bientôt : — Mon pauvre Laurent, couche-toi. Tu n'as pas l'habitude, tu serais fatigué, demain.

— Mère, dis-je, tout à coup, ne t'inquiète pas, pour Ferdinand. Tu sais comme il est tranquille.

Maman mit un doigt sur mon front :

— Tranquille! On ne sait jamais. Il faudrait être à l'intérieur, pour savoir. Oui, dans son âme, dans son cœur. Il est tard, couche-toi, Laurent. Je vais rester à la fenêtre et je ne me retournerai pas, pour ne pas te gêner.

Je me déshabillai en hâte et me glissai dans mon lit. La fraîcheur de la nuit gagnait maintenant la chambre. Mère prit un châle de cachemire noir et le jeta sur ses épaules. Elle paraissait ainsi plus grande, plus sévère, plus majestueuse, comme une reine de tragédie.

Elle ouvrit la porte de la pièce où dormait Cécile et disparut un grand moment. J'entendais le souffle régulier, profond parfois, de ma sœur. Que faisait mère auprès de Cécile endormie ? A quelle incantation, à quelle ardente prière se livrait-elle au chevet de la servante des Dieux ? De quelle caresse effleurait-elle ce jeune visage possédé ?

Maman revint dans ma chambre, baissa la flamme de la lampe et la cacha derrière une pile de mes livres. Alors, doucement, doucement, dans cet espace étroit où nous ne pouvions même pas jouer, elle commença de marcher, de droite à gauche et de gauche à droite, comme faisaient, là-bas, dans le jardin ténébreux, les bêtes captives, au fond de leur cage.

Paris ronronnait, maintenant, dans l'ouverture de la fenêtre. Chaque fois qu'un bruit, même léger, montait du creux de la rue, maman allait à la fenêtre et regardait dans la nuit. Je ne dormais pas encore et elle dut le sentir. Elle vint jusqu'à moi, se pencha, m'effleura l'oreille de ses lèvres et dit : « Dors donc, Laurent. Non, je ne suis pas inquiète. Ils vont rentrer. » Elle ajouta, mais sa voix était plus ténue qu'un fil : « Un jour, ce sera pour toi, et tu n'y penseras même pas. »

Je finis par m'endormir.

Je me réveillai, dans la nuit, une ou deux heures plus tard. La maison semblait morte. La lampe s'était éteinte, mais le ciel de Paris répandait dans toute la chambre une lumière surnaturelle. J'étais toujours seul dans mon lit et l'autre lit toujours vide. L'ombre de maman se dressait, droite, devant la fenêtre. De ses bras croisés, crispés, elle semblait serrer contre elle quelque chose d'invisible. Elle semblait faire un effort muet, un effort affreux pour empêcher de tomber, de s'écrouler, de se dissoudre dans la nuit quelque chose qu'elle seule pouvait sentir et étreindre.

Je la regardais en retenant mon souffle et la force d'âme, la volonté m'apparaissaient dans l'ombre, non plus comme des mots, mais comme une personne vivante.

Je ne voulais plus dormir. Je me rendormis quand même.

CHAPITRE XVI

JE PRENDS UN ENGAGEMENT SOLENNEL. PETITS COMPTES
DE JOSEPH. LA FINANCE ET LES ASPIRATIONS A
L'ÉTERNEL. UNE LEÇON SUR LES DANGERS DE PARIS.
MALAISE ET PRIÈRE. UNE LETTRE QUI SENT L'AVEN-
TURE. NOUVEAU TRIOMPHE D'UN JEUNE HOMME
REMARQUABLE.

Deux jours plus tard, sa permission finie, Joseph
nous quitta. Il me souvient de notre dernier entretien,
qui fut animé. C'était le matin. Joseph brossait et
revêtait l'une après l'autre les pièces de son uniforme.

— Pourquoi, lui dis-je avec rancune, pourquoi
n'es-tu pas rentré plus tôt, l'autre soir, je veux dire
l'autre matin ? Qu'est-ce que tu as bien pu faire ?

Il haussa les épaules — c'était décidément son
geste de prédilection. — Puis, après un long silence :

— Ne te monte pas la tête. J'étais avec mon ami
Valencin.

— Qu'est-ce que c'est que ce Valencin ?

Le cou de Joseph augmenta de volume, ce qui
exprimait à merveille le respect, le contentement. Il
dit avec une religieuse ampleur :

— C'est un monsieur puissamment riche.

— Oh! m'écriai-je, furieux, tu ne penses donc qu'à
l'argent ?

Joseph me considérait d'un œil dédaigneux.

— Moi, fit-il, je suis logique et, surtout, je suis

honnête. Je dis les choses comme elles sont. Il faut toujours penser à l'argent et tout le monde pense à l'argent, car tout repose sur l'argent. Même tes miteux, tes « purées », tes rats de bibliothèques, tes chafouins, tes crâneurs, tes martyrs de la science, eh bien, ils ne pensent qu'à leur traitement, à leur retraite, à leurs sous. Seulement, ils ne le disent pas, parce qu'ils ne sont même pas sincères. Pour mépriser les choses, il faut commencer par les avoir.

— Joseph, m'écriai-je, tremblant de sainte horreur, je jure sur la tête de notre mère...

— Ne jure pas. Tu vas dire une sottise.

— Mon premier billet de mille francs, Joseph, oui de mille francs, de mille francs, je jure de le déchirer en morceaux gros comme des confetti, tu m'entends, et de le jeter dans le feu pour expier ce que tu viens de dire.

Joseph eut un haut-le-corps.

— J'avais bien prévu que tu dirais une sottise. Et quelle sottise! Si tu fais ça...! Mais tu ne le feras pas. Tu as bien tort de jurer.

Il allongea le col et noua sa cravate.

— Avant que tu ne brûles les billets de mille, nous allons régler notre petit compte.

— Quel petit compte?

Il était tout à fait calmé. Il baissait un peu la voix. Il me montrait ce sourire en même temps impérieux et commercial où je reconnais encore qu'il va me demander de l'argent.

— Tu n'as pas oublié, Laurent, que nous avons un petit compte?

Je ne me rappelais rien de tel ; mais je n'étais pas surpris. Avec Joseph, on a toujours un petit compte. Il sortit un carnet, le feuilleta, l'étala dans sa main gauche. Il disait, la voix engageante :

— Voilà, Laurent. Janvier. Deux francs, plus trois francs, plus un franc soixante... ça fait, en tout, six soixante. Entre nous, on ne parle pas d'intérêt.

— Mais qu'est-ce que c'est que ça? Janvier... Janvier. Je ne vois pas.

— Je te demande bien pardon. A ma dernière perm, nous sommes allés au théâtre, les deux. Nous avons, avant le théâtre, mangé dans un bistrot. Le soir, à la sortie, nous avons pris une consommation. Tu peux voir, tout est marqué.

— Mais je suis sûr que maman t'avait donné l'argent pour deux.

— Non. C'était de l'argent à moi. Exactement, c'était de l'argent qu'elle me devait. J'espère bien que tu ne vas pas ennuyer maman avec ça, surtout dans l'état où elle est. (Ici, le visage de Joseph prit une expression sincèrement affligée.) Je trouve même que tu devrais la laisser un peu tranquille, ne pas lui conter des histoires, ne pas lui monter la tête. Sois sûr : j'ai des renseignements. Elle a besoin d'être ménagée.

— Mais, dis-je, vraiment, pour cette histoire de janvier, je ne me rappelle pas...

— Ah! cria-t-il en frappant du pied, vous êtes tous les mêmes, vous, les désintéressés. Vous faites de la grandeur d'âme avec l'argent des autres.

Je ressentais, comme toujours dans les histoires de Joseph, une telle humiliation que je fus chercher l'argent. Mes minces économies, par bonheur, allaient à peu près jusque-là.

J'ai narré cette petite scène parce que Joseph me l'a jouée non pas une fois, mais plusieurs centaines de fois, et qu'elle peut servir à faire comprendre mon frère. L'argent va, vient, vole. L'argent s'évapore et se perd... Sauf entre les mains de Joseph. Mes six francs soixante, ils vivent toujours, j'en suis sûr. Il existe, quelque part, dans le sous-sol d'une banque, un brave paquet de titres dont la cellule initiale, si j'ose ainsi parler, est formée par mes six francs soixante. Joseph accumule et conserve. C'est une des fonctions humaines. Les vrais hommes d'argent sont tourmentés, à leur manière, par le goût de l'éternel.

Joseph m'a démontré cent fois, par le geste et par le verbe, que les richesses du monde appartiennent effectivement à ceux qui ont l'audace de s'en déclarer possesseurs.

Mais j'espère trouver le temps, plus tard, de raconter Joseph. Pour le moment, qu'il nous quitte.

Il nous quitta. Deux ou trois jours passèrent. La maison tomba dans le calme et j'allais y sombrer quand nous eûmes une singulière alerte. Je revenais du lycée. Il n'était pas loin de midi. Je rencontrai dans l'escalier Cécile et la petite Suzanne.

— Tu vas faire une course ? dis-je.

— Une course. Oui, si l'on veut. Il y a quelque chose là-haut. On s'est débarrassé de moi.

En trois bonds, je fus chez nous. La clef se trouvait sur la porte et je pus entrer sans bruit. De la chambre des garçons, venait la voix de notre père. Elle était solennelle et courroucée :

— La première fois, disait papa, que nous commettons l'erreur de te donner un peu d'argent ! Ta première sortie de jeune homme ! Tu nous parles de théâtre ! Et voilà le résultat. Tu peux pleurer, mon cher, il y a de quoi pleurer.

Un silence trouble suivit. Notre père se reprit à gronder :

— A ton âge, et tranquille comme tu l'es, pouvions-nous imaginer que tu penserais à des choses... à des choses incorrectes. Et voilà ! Du premier coup ! Si je connaissais la personne...

J'entendis Ferdinand protester en hoquetant :

— Je ne veux pas qu'on l'insulte ! Elle est irréprochable.

— N'ajoute pas, criait papa, le ridicule au dévergondage. Si je connaissais la personne, je la ferais pincer pour détournement de mineur. Le mineur, c'est toi, mon cher. En attendant, tu vas forcément rester sage pendant plusieurs semaines et même plusieurs mois. Nous sommes, ta mère et moi, profondément tristes.

La porte s'ouvrit. J'aperçus Ferdinand assis sur une chaise, les bras pendants jusqu'à terre. Il pleurait. Mon père le regardait d'un air mécontent et choqué. Soudain, Ferdinand cria :

— On ne m'aime pas, ici. Tout le monde me méprise.

Maman s'était précipitée. Elle avait saisi dans ses bras ce grand garçon lamentable. Elle le berçait, le câlinait, disait avec une vibrante douleur :

— Comment peux-tu penser qu'on ne t'aime pas ? Comment peux-tu penser qu'on te méprise ? Mais moi,

moi, je suis là. Moi, je ne te fais pas de reproches. Moi, je ne veux que te consoler.

Père m'aperçut et referma la porte. Il commença de faire, à voix un peu doctorale, une leçon sur les dangers de Paris, une leçon qui, petit à petit, devenait, pour mon étonnement, édifiante, moralisatrice.

Ferdinand s'apaisait. Père sortit enfin pour chercher diverses herbes à tisanes dont l'odeur douceâtre, pendant des semaines, vogua dans la maison au gré des courants d'air.

Cette scène étouffée, ces propos ensevelis aussitôt dans un silence chagrin, je me sentis oppressé d'un grand malaise et même, à certaines heures, d'une horrible curiosité. Saison maudite! Le monde, autour de moi, n'était plus que fondrières, orties puantes, ronciers perfides, fuite de reptiles. Oh! que tout ne me soit pas souillé! Qu'il me reste quelque refuge et quelque adoration! Et si je me dégoûte moi-même, si je me recrache et me renie à certaines heures, que je puisse encore compter sur une gorgée d'air glacé, sur un verre d'eau pure, un saint visage, un cœur de cristal!

J'en étais là de ma détresse quand un petit événement me fit rebondir aux nues. Je reçus une lettre. Valdemar me la remit comme nous descendions ensemble l'escalier.

— Tiens, dit-il. J'ai trouvé ça sous une enveloppe à mon nom. Et c'est pour toi, misérable! C'est pour toi, cachottier! Comme si j'étais ta soubrette! Comme si j'avais pour fonction de protéger tes amours! Sens-là, cette lettre. Ça sent l'aventure. Ça sent les fêtes galantes. Et moi qui te croyais aussi blanc que Parsifal. Quelle désillusion!

Il me mit la lettre sous le nez. Elle sentait la rue de Fleurus. Je la lus, un peu plus tard, seul, dans une allée du Jardin. Elle disait :

« Vous pouvez vous fatter d'être un habile avocat. Tout est fini. Tout est rompu. Ne méprisez pas les femmes et, si vous avez du cœur, pensez parfois avec gentillesse à

S. M. »

Dois-je dire que la lecture de ce petit billet me jeta dans une agitation délirante ? Le monde, en une seconde, reprit flamme et clarté. Les allées du Jardin des plantes virent, avec une indulgence colorée d'admiration, passer un jeune homme extravagant mais remarquable. Il zigzaguait drôlement, comme les animaux auxquels les expérimentateurs ont enlevé une partie de la cervelle ; mais il donnait quand même le spectacle réconfortant du succès, de la valeur, de l'orgueil calme et surtout de la volonté.

Le fait que la lettre m'était parvenue par l'intermédiaire de Valdemar m'étonnait sans m'arrêter. Ce n'était, au bout du compte, qu'une précaution délicate. Et puis quelque détour romanesque n'était pas pour me déplaire.

Comme un esprit scientifique se manifeste de bonne heure par le goût de la certitude et du contrôle, je tentai, le lendemain même, une expédition rue de Fleurus.

La porte me fut ouverte par la vieille personne morose que S. M. avait appelée, devant moi, Mme Mathieu. Elle s'essuyait les doigts à son tablier de toile et, tout de suite, elle cria :

— Partie ! La dame est partie. Et même sans laisser d'adresse. Bon vent ! Bon voyage ! Voilà tout ce que je lui souhaite !

Elle me poussa la porte au nez.

En descendant l'escalier, j'éprouvais le sentiment que peu de choses, à l'avenir, me seraient impossibles.

CHAPITRE XVII

La rage de l'été, maintenant, est sur nous. Quelques
pluies sont tombées, les dernières, les purificatrices
et le ciel s'est enflammé. Il va brûler longtemps.

Virgile et Salluste sont en vacances. Il n'y a plus,
pour moi, que d'immenses journées désertes, des
virées dans l'ombre sans miséricorde, au long des
ruelles assoupies, un jardin sec où je m'égare avec
mes livres et mes rêves.

Paris est vide, sonore, peuplé d'échos, comme une
ville abandonnée. On entend toutes les pendules
s'appeler dans le silence. Paris appartient aux pauvres
qui ne vont pas voir la mer. Je possède amèrement la
solitude parisienne. Une ivresse me vient de cette perfection mortelle, de cette radieuse aridité. Que la saison
s'éternise et s'exaspère! Que l'été calcine le monde!

Chaque nuit tombe sur moi comme la dernière nuit
de la terre. Un souffle s'élève, lentement, de l'étendue
ténébreuse : le souffle suprême de la vie. Je ne suis pas
malheureux, mais, à certains moments, je pense avec
douceur que je pourrais ne plus être.

Pour soulager un peu le cœur du logis, on laisse, le soir, toutes les portes et toutes les fenêtres ouvertes. J'aperçois, de mon lit, comme au temps de ma petite enfance, mon père assis à son travail. Il ne souffre pas du chaud. Il est alerte, il est agile, même dans l'immobilité. Le vieux froc de bure qu'il revêt, pendant les nuits froides, en l'honneur — j'en pourrais jurer —, en l'honneur de M. de Balzac, dont il est lecteur fidèle, le vieux froc pend à la patère. Père a les bras nus, comme les coltineurs des quais. Il « poitrine », pour lui seul. Il lit, il écrit longuement. Parfois, il s'arrête et, de son porte-plume, heurte distraitement ses dents. Je vois les muscles de ses bras qui se contractent, qui se nouent, quand il a de la peine pour arracher les mots. De temps en temps, une vague d'air chaud roule d'une fenêtre à l'autre. La lumière se prend à vaciller. Une voix, celle de maman, dit tout bas : « La lampe file. » Alors, père allonge la main et, soigneusement, règle la flamme.

Père est ressaisi de la ferveur scientifique. Il est allé entendre une conférence de Maragliano sur le traitement de la phtisie par les vaccins. Il est revenu travaillé d'enthousiasme. Il nous en entretient chaque jour, non sans lyrisme. Il chante aussi la louange du sérum antidiphtérique. Il parlera toujours des plus belles découvertes, comme s'il en était l'auteur, avec un charmant orgueil. Quel dommage, vraiment, que je ne puisse plus l'admirer! Car il m'est désormais interdit de l'admirer.

Maman ne retrouvera plus jamais son jeune visage lisse. Elle fait tout, comme autrefois : elle cuit les aliments, lave et brosse, ravaude et tricote, panse et console, sourit et chante. Quand le maître parle de la science, elle dit, comme autrefois : « Mes enfants, écoutez votre père! » Que l'un de nous tousse, ou même simplement soupire, et la voici, offrant ses mains magiciennes, son regard plus suave qu'un baume, sa voix chargée de bénédictions. Mais elle est triste. Je ne sais même plus très bien si la tristesse est en elle ou peut-être aussi dans mes yeux. Pourtant, elle devrait être heureuse, puisque « tout est fini », puisque j'ai triomphé, puisque l'ordre est revenu.

Joseph peut railler « mes facultés d'observation », Joseph peut hausser les épaules et grogner : « Il n'y a rien à faire », je sens bien que l'ordre est revenu dans la maison.

Même la musique de Cécile est sage, est pacifiée.

Si j'ose, après tant d'années, raconter les traverses de notre vie sans éclat, c'est que la musique est là, partout présente, jaillissante. Ce noble et riche accompagnement rehaussait toutes nos misères. Il y eut, en ce temps-là, pour chaque instant de chaque jour, pour chacune de nos pensées, des mélodies, des accords, des concerts ineffables.

Que je chante aujourd'hui l'un de nos chants d'autrefois, et l'ombre me rend mes trésors. C'est un nuage vert, une lassitude exquise, une prière au crépuscule, un visage attiré par des mains suppliantes. C'est une senteur voyageuse, un frisson réprimé sous un châle. C'est une plaine en déroute. C'est un archipel diapré surgi des gouffres marins. Qui voudrait se refuser à la fée mélancolique ? Comme au jour du jugement, tous les êtres ressuscitent, et ceux qui dorment déjà sous la cendre, ceux qui semblent les plus lointains sont les plus ardents à revivre, les plus fidèles, les plus sûrs.

C'est par la musique, porte d'azur, que nous sommes sortis de la vraie pauvreté, celle de l'âme. C'est la musique souveraine qui nous a fait entrevoir les vraies dimensions de l'homme.

Et c'est la petite Cécile qui fut désignée par le sort pour, avec des doigts d'enfant, nous donner ce beau baptême. Je ne suis pas jaloux de ma sœur Cécile. J'ai vieilli dans des travaux dont le monde entier veut bien croire qu'ils peuvent servir aux hommes, ce qui signifie, ordinairement, les empêcher de mourir, éloigner les chances de mort. Eh bien, si j'avais à choisir, si je pouvais, librement, recommencer une vie, ouvrir une carrière et désigner mes vertus, je prierais que me fût accordée celle de la musique dont l'œuvre aide les hommes non pas à ne point mourir, mais à supporter la vie.

Je contemplais Cécile et j'éprouvais, dès cette saison, le sentiment qu'elle n'avait pas la jouissance de son talent, mais bien plutôt la garde et qu'elle en était comptable, pour parler comme Corneille.

Ce long été durant, Cécile travailla sans relâche. Valdemar était radieux et, mieux encore, serein. Mme Henningsen et lui avaient multiplié les démarches, vu les maîtres, fait entendre en plusieurs places notre ange musicien. Cécile jouerait, en octobre, à Paris, dans un grand concert, la chose était décidée. Parfois, Valdo me saisissait le bras et fermait un œil à demi.

« Montons, disait-il, chez madame ma mère. De là-haut, nous écouterons Cécile bien plus tranquillement. Il nous faut la laisser courir la bride sur le cou. »

Nous montions. Mme Henningsen, ennuagée de mousseline et de tulle, peignait ses miniatures avec des pinceaux plus fins que l'ombre d'une aiguille. Elle me passait sur la joue deux doigts qui sentaient la peinture et m'offrait une cigarette que je n'acceptais pas.

Nous nous couchions sur le divan et nous écoutions Cécile. La musique montait vers nous à travers planchers et murailles. Valdemar disait :

« Elle est libre, mais les Dieux veillent. Oh! Oh! On ne fera pas de Cécile une mécanique. Je suis là pour y parer. Mais il faut qu'elle soit plus habile que personne. Moi, je méprise les virtuoses ; mais je méprise les musiciens qui ne sont pas capables de virtuosité. Donc, pas d'erreur : il faut être virtuose et que ça ne se sente pas. Il faut, surtout, être virtuose sans le savoir. »

Il rêvait un petit moment et lançait vers le ciel sa conclusion mystérieuse : « Et c'est tout et c'est assez! »

Je redescendais chez nous et je trouvais souvent les trois demoiselles Segrédat, les deux jeunes et la tante, assises dans notre chambre, derrière la porte de Cécile. Elles écoutaient, comme à l'église, la bouche entrouverte et les mains croisées sur les genoux. Une perle claire, parfois, pointait aux cils de Thérèse, et je louais la musique libératrice qui nous vaut de tels allégements. Enfin réveillées de l'extase, les demoiselles balbutiaient des excuses et s'esquivaient avec embarras.

Dans les premiers jours de septembre, je reçus une lettre de Justin Weill. Il était à la campagne, près de Jouy-en-Josas, dans ce vallon rendu célèbre par la tristesse d'Olympio. Ses parents habitaient là, pendant la belle saison, une maisonnette assise parmi les bosquets et les fleurs. Justin me priait d'y aller passer huit jours.

Ma joie fut grande. Mère trouva, je ne sais où, une petite valise présentable. Elle reprisa mon linge et repassa mes vêtements. Elle glissa même dans ma poche quelques piécettes d'argent. Et je partis en voyage.

Il n'y avait, je crois bien, pas tout à fait une heure de train. Justin m'attendait à la gare. Il avait le visage et le vêtement d'un homme. Ses cheveux roux, qu'il laissait croître, lui donnaient l'aspect d'un jeune poète romantique. Il m'entraîna tout aussitôt dans la campagne altérée. Sa voix devenait grave et très belle. Et, comme il était déjà tout enivré de littérature, il se servait de cette voix, et fort agréablement, pour déclamer, pêle-mêle, des tirades entières de la *Princesse lointaine* et des vers de Heredia. Puis il parla d'une pièce, *La Figurante*, que la Comédie-Française venait de refuser, ce qui était une honte. Il parla d'un grand écrivain anglais que l'on avait condamné cruellement aux travaux forcés, ce qui était aussi une honte. Il parla d'un poète nommé Verlaine, que l'on finirait par laisser mourir à l'hôpital, ce qui serait une honte plus grande que toutes les autres. Il vivait d'enthousiasme et d'indignation. Il m'avoua que les livres de Paul Verlaine avaient été confisqués par M. Weill père, mais que lui, Justin, les savait déjà par cœur. Il me prenait le bras et murmurait, l'œil sur la ligne d'horizon :

Je fais souvent ce rêve étrange et pénétrant
D'une femme inconnue et que j'aime et qui m'aime...

Il savait tout, il brouillait tout, il mêlait délicieusement tout. Il commençait d'exercer et d'assouvir une de ces prodigieuses mémoires juives pour lesquelles un seul univers est décidément trop peu.

Je nous revois, revenant tous deux, un soir, sur le plateau de Saclay. Justin m'avait, par la récitation d'un nombre surprenant de poèmes, amené, si je peux dire, à la température convenable et, soudain, il attaqua, dans le registre confidentiel :

— C'est fini, Laurent, c'est fini. Je ne serai pas le messie.

— Pourquoi ? fis-je, la voix chargée de reproches sincères.

Il secoua la tête :

— J'aime une fille goye. Que le mot ne t'effraie pas. Goye, chez nous, signifie seulement qui n'appartient pas au peuple juif.

Et, comme je me taisais, donnant toutes les marques d'une affliction sincère, il reprit :

— Elle est encore très jeune ; mais je sens que ce sera le grand amour de ma vie. Tu es, Laurent, mon seul ami. Et, par malheur, tu es la seule personne au monde à qui je ne puisse confier mon amour.

Cette déclaration, par sa loyauté, devait m'inspirer de la tristesse et de la gratitude. Je pris la main de Justin Weill, l'étreignis en silence et dis :

— Je te plains du fond du cœur. Courage ! Il faut être pur !

Justin répondit à mon étreinte.

— Ne crains rien. Je saurai souffrir. Tu as raison : il faut être pur.

Je pense que notre silence dura longtemps, pour le moins une minute. Enfin, Justin, l'accent mélodieux ;

— Toi, Laurent, tu sembles fort ! Se peut-il vraiment que tu n'aimes personne ? Ah ! cherche au fond de ton cœur.

— Si, fis-je, avec hésitation. Mais elle est beaucoup plus âgée que moi. Elle est pieuse. Elle est blanche et douce. Mais non ! non !

Justin me prit fraternellement par l'épaule. Il espérait une confidence moins succincte.

— Non, fis-je en me dégageant. Non ! Je ne veux aimer personne. L'amour me fait horreur. Tu ne peux pas savoir, ou, plutôt, je ne peux pas te dire... C'est dégoûtant.

Je compris soudain que j'allais trahir le clan,

que je ne pouvais plus faire autrement, que mon secret m'étouffait, qu'il me fallait le répandre.

— Parle, disait Justin.

Et il cita Musset :

L'homme est un apprenti, la douleur est son maître.

— Oh! fis-je, s'il ne s'agissait que de ma douleur à moi... C'est plus grave. Tu connais mon père...

Je me mis à raconter mon père. Si grande qu'en fût ma honte, je commençai de narrer le drame de mon année. Justin Weill écoutait et son visage exprimait l'intérêt, puis l'enthousiasme.

— Sais-tu, dit-il enfin, pendant une pause de mon récit, sais-tu que c'est extraordinaire ? Je comprends mieux ton père, maintenant. Toute cette histoire de vous deux, c'est épatant, c'est fin de siècle. C'est la vie ardente, déchaînée, Laurent! C'est la passion avec le masque et le flambeau.

— Eh bien, non, m'écriai-je, donnant tous les signes de la déception. Non, ce ne peut pas être ça, la passion. Ce n'était pas, comme tu dis, déchaîné : il allait là-bas, tous les jours, de midi à deux heures et, le soir, de cinq à sept. C'est bête à dire, mais imagine un employé, oui, un employé...

— Comment savais-tu les heures ? fit naïvement Justin.

Je me sentis rougir.

— C'est que je l'ai suivi. Ne pense pas : espionné. Non, seulement suivi. Tu le connais peu, Justin. Lui qui déteste toute contrainte, lui qui n'a pas assez de mépris pour parler des bureaucrates, c'est son mot, je peux t'affirmer qu'il allait là-bas, régulièrement, comme d'autres vont à leur bureau. Alors, c'est ça, une vie déréglée! La passion, la passion! Il me semble que si ç'avait été la passion, je me serais senti tout petit, j'aurais été... comment dire, épouvanté, enfin plus épouvanté que je ne l'ai été réellement.

— C'est égal, fit Justin avec une nuance de respect, c'est peut-être terrible, mais c'est un père intéressant. Ce n'est pas lui qui mettrait sous clef les livres de Paul Verlaine.

— Eh bien, si, justement. C'est à n'y rien comprendre. Il ne sait pas que je sais tout. Enfin, je suppose encore qu'il ne sait pas, mais tu ne peux imaginer comme il est moralisateur sans en avoir l'air et tout en disant : « Moi qui ne fais pas de morale... » Tu ne peux imaginer ses discours, et comme il parle sévèrement de ce qu'il appelle l'inconduite. Je te dis que c'est à n'y rien comprendre.

Nous marchâmes quelques instants en silence. La nuit tombait, rendant nos épanchements plus faciles.

— Joseph, m'écriai-je soudain, Joseph dit qu'il recommencera. Je parle de mon père. Eh bien, s'il recommence...

En vain, Justin Weill fit un appel au sang-froid, j'étais lancé.

— S'il recommence, Justin, je quitterai la maison. Ou même, je me tuerai. Quand j'étais petit, j'avais un ami qui s'appelait Désiré Wasselin. Il s'est tué (je l'ai vu, oui, je l'ai vu, pendu, dans leur salle à manger), il s'est tué, je t'assure, pour une faute de son père, une faute épouvantable, évidemment.

Comme nous descendions dans la vallée, Justin me demanda d'une voix grave :

— Quelle mort choisirais-tu ? Le poignard, le poison ou la tour Eiffel ?

Je secouai les épaules. Je n'avais pas encore étudié tous les détails. Justin commença de réciter des vers :

Eh bien ! oubliez-nous, maison, jardin, ombrages !
Herbe, use notre seuil ! Ronce, cache nos pas !

Nous fîmes ensuite plusieurs projets de suicides jumeaux. Pour finir, nous tombâmes dans les bras l'un de l'autre en nous jurant amitié éternelle.

Cette conversation fut le point culminant d'une semaine héroïque. Le soir, au dîner, j'entendis pour la première fois prononcer un nom qui devait, par la suite, faire quelque bruit dans le monde. Mme Weill disait :

— Lucie est admirable de courage, une vraie Hadamard !

Et M. Weill répondait, le front soucieux :

— Mathieu Dreyfus va remuer le ciel et la terre, mais le ciel et la terre sont contre eux.

Deux jours plus tard, je rentrais à Paris.

Notre maison somnolait dans une torpeur musicale. Papa travaillait la nuit, maman rêvait sur des coutures, Ferdinand s'abîmait dans l'absence de soi, Cécile faisait, sans relâche, sonner le grand diable noir.

Septembre tout entier passa dans cette paix qui semblait un brûlant entracte. Un jour, vers le déclin de l'après-midi, Valdemar fit retentir sous ses doigts osseux la porte de notre logement. Nous étions seuls, Cécile et moi. Je fus ouvrir.

— Ta mère n'est pas là ? s'écria Valdo, l'air transporté. Ça ne fait rien. C'est une visite pour Cécile. Toi, tu peux rester avec nous, bien sûr. Attends : je vais le chercher, il est chez moi.

Il monta trois ou quatre marches et se retourna :

— C'est un ami de ma mère, de moi, de nous tous. Ne roule pas des yeux comme ça.

Il revint quelques minutes plus tard. Il disait :

— Je vous remercie infiniment de bien vouloir écouter la petite fille. Je crois qu'elle vous fera plaisir et que vous ne me reprocherez rien.

Il s'effaça pour laisser passer le visiteur. C'était un homme jeune encore, l'air à la fois simple, libre et souriant. La tête était belle et me frappa beaucoup, avec sa barbe légère, son regard féminin, chaleureux, tantôt moqueur et tantôt caressant. Le front surtout m'étonnait, il dominait tout le visage, il prolongeait comme une proue le crâne oblong, casqué de lourds cheveux sombres.

Il s'assit sur l'une de nos pauvres chaises. Il n'avait pas l'air étonné, entre ces deux enfants inconnus. Il traita Cécile comme une dame et lui demanda la permission de fumer une cigarette.

— Cécile, dit Valdemar, jouez la *partita* en ut mineur.

Cécile joua, noblement, comme elle jouera sans doute sur les marches de l'Olympe. Une fois, une seule fois, le visiteur étendit un peu la main et Cécile baissa la voix. Le jeune homme au beau front murmurait en souriant :

— Grand merci, mademoiselle. Ce sont des choses qu'il faudrait écouter à genoux.

Il resta là, quelques instants, silencieux, un peu timide. Puis il s'assit au piano et se mit à chanter, très bas, en frôlant à peine les touches. Nous entendions, au vol, des phrases extraordinaires : « Je cherchais partout dans la maison... Je cherchais partout dans la campagne... et je ne trouvais pas la beauté... » Alors il s'arrêtait et nous regardait en souriant. Valdemar demanda :

— Vous y songez, vraiment, Claude ?

— Je ne songe plus qu'à ça. Mais je prends le temps d'y songer.

Il y avait, sur le piano, des cahiers de papier réglé. Le visiteur nous considéra d'un air amical et moqueur, écrivit quelques lignes et tendit la feuille à Cécile.

— Pour vous, dit-il, en souvenir.

Il partit, nous laissant étonnés, éblouis. A peine la porte fermée, nous regardâmes le papier. On y distinguait à peine une volée de petites notes lancées à la pointe du crayon. Au-dessous, étaient écrits ces mots : « Je suis heureuse, mais je suis triste. » Puis une dédicace gracieuse : « A la servante des Dieux. » Enfin des initiales.

Je ne sais si ma sœur possède encore ce papier qui fut, à mon regard, son premier titre de noblesse. Nous le contemplions quand Valdemar reparut. Il était rouge et semblait content.

— Qui est-ce ? fis-je, naïvement.

Valdemar leva l'index et répondit :

— Un prince.

CHAPITRE XVIII

MORT DE LOUIS PASTEUR. LA STATUE DE LA SCIENCE. UNE VIEILLE CONNAISSANCE. DÉCOUVERTE DE LA MURAILLE. DIALOGUE SUR L'AMÉLIORATION DE L'ESPÈCE HUMAINE. LE THÈME DE LA RÉDEMPTION PAR L'ART APPARAIT A L'ORCHESTRE. INCOMPRÉHENSIBLE RÉSOLUTION DE THÉRÈSE. SCÈNE MUETTE DANS L'ESCALIER.

J'allais retourner en classe. Je commençais de préparer mes cahiers et mes livres. Pure, translucide comme un diamant bleu, la nuit d'automne était tombée. Mon père ouvrit la porte. Il avait le visage si grave que maman, tout aussitôt, laissa paraître de l'angoisse.

Mon père se découvrit et dit :

— Pasteur est mort. C'est une grande perte pour le monde.

Nous prîmes notre dîner dans le recueillement. Puis père nous parla des microbes. Il arrivait alors à la fin de ses études et discourait adroitement de maintes choses. Il dit encore :

— Les travaux des grands savants comme Pasteur rendront l'humanité plus sage et plus heureuse.

Je tombai dans une grande rêverie. La confusion des idées me trouvait déjà sensible et me donnait d'obscurs malaises. Papa finit par se lever de table.

— Autrefois, prononça-t-il, la science travaillait

à l'écart de la foule. Aujourd'hui, la terre entière suit avec attention l'œuvre des grands savants. Le gouvernement va faire à Pasteur des funérailles nationales.

Mon père se redressa, « poitrina », lança plusieurs « hum! hum! » pour s'éclaircir la voix et dit :

— Je me ferai un devoir d'assister à cette cérémonie. Lucie, puis-je te demander de jeter un coup d'œil à mes vêtements noirs ?

Nous élevâmes vers notre père un regard chargé de considération respectueuse.

Les funérailles eurent lieu plusieurs jours après. J'avais repris mes classes et, chaque soir, papa nous entretenait religieusement de la science et de ses merveilles, de la splendeur du génie scientifique. Certaines phrases me plaisaient quand même et je les répétais à Justin Weill qui me récitait, en échange, une profusion de poèmes nouveaux dont beaucoup m'étaient mal compréhensibles.

Le matin du 5 octobre — j'ai bien quelques raisons historiques et personnelles de me rappeler cette date — papa s'habilla de noir et mit un chapeau haut de forme. Il fut, un instant, pour nous, comme la statue de la science. Papa se regardait dans la glace avec de gracieux sourires bleus. La statue de la science n'était pas trop sévère. Notre père prévint maman qu'il ne rentrerait pas déjeuner et non plus dîner, sans doute.

Je ne me rappelle plus très bien ce que me fut cette journée pourtant mémorable. Je me revois, vers le soir, au bras de Justin Weill, descendant le boulevard Saint-Michel. Il faisait clair encore. Paris demeurait agité. Les réverbères étaient voilés de crêpe. La foule encombrait les trottoirs du Quartier latin. Cette fête funèbre avait été quand même une fête.

Soudain, je m'arrêtai, comme frappé de stupeur. Je venais d'apercevoir mon père, assis à la terrasse d'un café. Il avait ses vêtements noirs et son chapeau haut de forme. Il fumait une cigarette. Il parlait en souriant à Solange Meesemacker qui se tenait auprès de lui.

— Justin, dis-je à voix basse, il faut que tu me rendes un grand service.

— Ordonne, s'écria-t-il, et ce bras t'appartient.

— Justin, quitte-moi tout de suite et remonte le boulevard sans te retourner.

Mon compagnon me regarda, l'air surpris, peut-être déçu. Comme il était fait à mes façons et fort courtois de nature, il eut un geste fatal, sourit et disparut dans la foule.

Il y avait, sur le trottoir, une de ces petites colonnes bariolées par les affiches des spectacles. Je m'embusquai dans son ombre et j'attendis. Les personnes que j'observais ne semblaient pas trop pressées. Enfin M. P. se leva, tendit galamment son bras à S. M. et l'entraîna sur le trottoir. Je les suivis de loin. Je balançais à me faire voir. Je méditais avec rage de troubler leur tête-à-tête, de causer du scandale, enfin de leur rendre un peu de tout le mal qu'ils me faisaient.

Le jardin du Luxembourg venait de fermer ses portes. Le monsieur et la dame prirent la rue de Vaugirard. « Oh! pensais-je absurdement, ils n'iront quand même pas rue de Fleurus! Qu'ils n'aillent pas rue de Fleurus! »

La nuit tombait. Il y avait, devant le Sénat, beaucoup de monde sur le trottoir. A la faveur de la cohue, je vins si près de mes promeneurs que je pouvais distinguer leurs propos. M. P. disait, d'une voix aimable et diserte : « Les grandes expériences qu'il a poursuivies sur le charbon, à mon avis, c'est génial. » Je retins avec peine une rageuse envie de rire. Mme S. M. aussi avait le bénéfice d'un petit cours sur les bienfaits de la science.

Je les suivis encore pendant quelques instants. Je les suivis, pour tout dire, jusqu'à la rue de Fleurus. Ensuite, je descendis sur les bords de la Seine et longeai lentement les quais. J'examinais mes pensées avec beaucoup de calme, beaucoup de lucidité.

J'étais un niais, un aveugle, un imbécile. Joseph avait bien raison. Je ne voyais rien. Je ne comprenais rien. J'avais été berné, dupé, traité comme un petit garçon. Je n'étais, exactement, qu'un pauvre petit garçon. Solange avait menti. La vieille de la rue de Fleurus, également, avait menti. Mon père n'avait pas menti, mais ça revenait au même. Le mensonge était partout et tout le monde se moquait de moi. J'avais, pour la première fois, le sentiment de me heurter à quelque chose de résistant, d'invincible, une muraille contre laquelle un enfant se briserait en vain les ongles, les dents et la tête.

Je rencontrai Valdemar comme je montais notre escalier. Il avait l'air joyeux et s'écria :

— Cécile joue, de demain en huit, son concerto de Mozart. Viendras-tu aux répétitions ?

J'étais à cent lieues de Mozart et tout à fait incapable de le ressaisir au vol.

— Valdemar, fis-je d'une voix qui devait être pathétique et dont je le vis ému, crois-tu, toi, comme tant de gens, que la science...

Je m'arrêtai, honteux de ma question, honteux de moi-même. Valdemar s'était assis sur une marche de l'escalier. Il se tenait à deux mains aux barreaux de la rampe. J'apercevais son beau visage qu'une flamme de gaz éclairait par saccades. Il s'écria :

— Qu'est-ce que tu chantes avec la science ?

— Crois-tu, repris-je, que les hommes seront sauvés par la science ? Je dis « sauvés ». Tu comprends... enfin, crois-tu qu'ils deviendront meilleurs ?

Valdemar secoua la rampe avec une joviale furie.

— Tu me fais rire. Ah ! tu me fais rire. Tu parles comme un journaliste, comme un député, comme je ne sais pas qui. Mais, mon garçon, la science est une chose très intéressante, assurément. Les tours de physique, moi, j'aime beaucoup ça.

— Ils disent, fis-je avec amertume, que la science élève l'homme. Je peux t'affirmer que non. Je ne t'expliquerai pas pourquoi, mais je peux t'affirmer que non.

Valdo rêvassait, maintenant, la tête couchée sur l'épaule.

— Peut-être bien, murmura-t-il, que tu brouilles tout, dans ta cervelle. Je ne sais pas à qui tu penses et même je ne te le demande pas. A part ça, tu as raison. Mais... Connais-tu Severini ? Non. Tant pis et même tant mieux. C'était un ami de ma mère. Nous sommes fâchés, maintenant. Un homme de génie, Laurent. Un chimiste. Il a découvert deux ou trois corps qu'on ne connaissait pas avant lui. Il a chambardé toutes les industries, inventé des engrais, des procédés pour conserver la viande, pour fabriquer le pain, et même pour soigner le cancer. Enfin, des merveilles ! Un bienfaiteur de l'humanité, quoi ! Eh bien, Laurent, figure-toi que Severini martyrisait ses gosses. Il a divorcé trois fois. Il débauche toutes ses bonnes. Il a quatre ou cinq enfants naturels. Il est avare. Enfin, odieux. Ma mère le déteste. D'ailleurs, on s'est fâché. Il faut une cervelle de tatou comme la tienne pour s'imaginer qu'avec des ballons de verre et de petites bouteilles d'acide... Nous en avons connu, des savants, il en venait, autrefois, quand nous donnions des réceptions. Mais, mon petit gars, ils font ça parce que ça les amuse. C'est leur plaisir, leur joujou. Veux-tu que je te dise ?

Valdo colla son visage aux barreaux de fer et regarda songeusement dans la cage de l'escalier.

— La science, personnellement, je m'en tamponne, pourvu qu'elle me fiche la paix. C'est l'art, voyons, c'est l'art qui sauvera, comme tu dis, qui sauvera ces cochons d'hommes. Et s'ils ne veulent pas être sauvés, alors, on les y forcera. Qu'est-ce que tu vas dire encore ?

— Oh ! rien. Ce qui me gêne, c'est... le mot de cochon. Je n'aime pas ce mot-là.

— Tu as de la politesse à revendre, mon ami. Je répète : ces cochons d'hommes. Quand tu les connaîtras mieux...

Malgré que j'en eusse, il me fallut bien sourire : j'étais parfaitement sûr que Valdo vivait dans les nues et ne connaissait rien des hommes.

Nous nous quittâmes là-dessus. Valdo s'en allait dehors et je remontais chez nous.

J'aperçus, au passage, la vieille demoiselle Segrédat, la tante, celle qui ressemblait à la mère d'Albert Dürer. Elle était dans la chambre de mes parents, assise dans l'unique fauteuil. Ses vieilles mains tremblaient sur l'acajou poli. Elle parlait d'une voix faible, mais distincte. Pouvais-je ne pas l'entendre? Notre logis était si petit! Il eût fallu, pour ne pas percevoir ce qui se disait dans la pièce voisine, il eût fallu faire un effort dont je me sentais incapable. La vieille demoiselle disait :

— Je sais bien que, pour elle, c'est quand même une solution. Nous avons des revenus plus que modestes. J'espérais la marier. Elle est intelligente et sait tenir une maison. Je pensais même, à la rigueur, la conserver près de moi. Pas par égoïsme, madame. Je n'ai plus qu'un souffle de vie. Mais voilà, cette décision! Et brusquement! Si brusquement! Rien ne pouvait faire prévoir...

— Peut-être, murmurait maman, va-t-elle changer d'avis. Les jeunes filles ont des mouvements, des impulsions, comme tout le monde.

— Je ne crois pas. Et, ce qu'elle veut absolument, c'est la règle la plus sévère. Elle a vu son confesseur, son directeur de conscience. La plus sévère! Pourquoi? Je n'en sais rien. Je vis à côté d'elle et je sens bien qu'elle ne me dira jamais rien, qu'elle ne dira rien à personne.

Il y eut un long silence, puis la vieille demoiselle sortit. Toute résolution balayée, j'allai voir ma mère dans la cuisine.

— Que te racontait, dis-je, la tante des petites?

Maman leva doucement les bras et ne répondit pas tout de suite.

— Oh! je peux bien t'en parler, mais tu n'en souffleras pas mot, jusqu'à ce que tout le monde le sache. C'est la pauvre Thérèse qui veut entrer en religion.

— En religion! m'écriai-je. Enfermée pour le restant de ses jours!

— Oui, dit mère, doucement. Puisque c'est elle qui le demande, Laurent. Ce n'est pas, au bout du compte, plus triste que tout ce qu'on voit.

— Maman, je ne comprends pas.

— Que veux-tu? mon pauvre enfant. Il y a tant de choses qu'on ne comprend pas.

La soirée fut mortelle. Père ne rentrait pas et j'en étais bien soulagé. Je me couchai tôt, espérant me réfugier dans le sommeil. J'appelais, du fond de l'âme, j'appelais, pour ma délivrance, mes paysages familiers, mes annonciateurs du néant. Ils se firent cruellement attendre.

Au réveil, j'entendis que mon père était chez nous. Je fis, pour ne pas le rencontrer, des efforts non médiocres et que l'on peut imaginer tels, puisque toute notre vie brûlait sur quelques pieds carrés. Je l'entendis se laver, s'habiller, siffler ses airs familiers, raconter, non sans beaux détails, la cérémonie de la veille. Quand je sentis qu'il allait partir, pour ne pas avoir à le saluer, je me glissai dans le vestibule et fis semblant de monter chez Valdemar.

Sur le palier du cinquième, je m'arrêtai un moment. J'entendis notre porte s'ouvrir puis se fermer. Mon père venait de sortir. Il devait rester immobile, au bord de la première marche, pour réfléchir, comme l'on fait souvent. Puis il descendit un peu et alors mon cœur se mit à battre. L'autre porte, à notre étage, venait de s'ouvrir sans bruit. Je vis, en me penchant, je vis Thérèse Segrédat s'avancer jusqu'à la rampe. Elle était blême, elle se couchait sur la rampe et regardait dans le puits. Mon père se retourna, remonta deux ou trois marches. Et puis je vis encore une chose extraordinaire : mon père fit un sourire et envoya, du bout des doigts, un baiser. Thérèse Segrédat pleurait, la bouche contre le bois de la rampe.

CHAPITRE XIX

LA CHAMBRE CLOSE. UN ENFANT QUI NE SAIT PAS CE QU'IL VEUT. OU M. RAYMOND PASQUIER NE SE MET PAS EN COLÈRE. UNE PENSÉE PEU CHARITABLE. IL FAUT SAUVER LES APPARENCES. ÉLOGE DES VERTUS FAMILIALES. A LA RECHERCHE D'UNE CLEF. PRISE DE TANANARIVE.

J'attendis cinq jours, six jours. Vraiment, nous n'étions jamais seuls, jamais tranquilles. A certaines heures, tous dispersés, tous au loin ; à d'autres heures, tous au gîte, serrés flanc contre flanc, comme des poissons dans la nasse.

Et puis, un soir, le moment vint. J'entendis rentrer mon père. J'étais seul à la maison. L'après-midi s'achevait. Je fermai ma chambre du côté de la salle à manger et revins par l'autre porte. Au bout d'un moment, père dit, sans élever la voix :

— Tu es chez toi, Laurent ?

— Oui, père. Peux-tu venir ?

— Pourquoi ?

— Un renseignement.

Il pénétra dans ma chambre. Il était souriant. Il tirait sur ses longues moustaches flambantes. Il « poitrinait ». Tout, en lui, disait l'allégresse, la paix du devoir accompli, la satisfaction et l'entrain.

— Viens, dis-je, s'il te plaît. C'est pour une rédaction.

Il vint jusqu'à la fenêtre et s'y accouda tranquillement. On entendait, dans le lointain, le hurlement des camelots qui vendaient un journal du soir. Il écouta quelques instants, puis se tourna vers moi.

— Qu'est-ce que tu veux, Laurent?

Et tout de suite, il ajouta, car je devais être fort pâle :

— Mais... mais, qu'est-ce qu'il y a, mon cher?

— Je t'ai vu, dis-je, l'autre soir, le soir de l'enterrement. Je t'ai vu, sur le boulevard.

Il sourit, d'un air léger.

— C'est bien possible.

— Tu sais ce que je veux dire. Et je t'ai vu, le lendemain, dans l'escalier, avec Thérèse.

Il me regarda fixement, sans répondre, et se dirigea vers la porte. Je venais de la fermer. J'avais la clef dans ma main.

— Je te demande pardon, papa, mais tu ne sortiras pas.

— Je voudrais bien voir ça.

— Non, papa. J'ai fermé la porte, pour être sûr, moi-même, de rester, pour te dire, quoi qu'il arrive, tout ce que je veux te dire.

— Donne-moi la clef, Laurent.

— Impossible, criai-je et je lançai la clef par la fenêtre.

Il y eut un profond silence pendant lequel nous entendîmes la clef sonner sur les pavés de la rue. Mon père haussa les épaules et se dirigea vers l'autre porte, celle de la salle à manger. Elle était fermée du dehors. Il se tourna vers moi et fronça légèrement le sourcil.

— Évidemment, c'est parfait.

— Je t'ai vu, repris-je, sur le boulevard.

— Et après?

— Avec Mme Meesemacker.

— Vraiment? Tu n'es pas discret.

— Et je t'ai vu, dans l'escalier, l'autre matin.

— Tu m'espionnes, ma parole!

— Mme Meesemacker, je peux dire que, maintenant, ça m'est égal. Mais Thérèse! Thérèse aussi!

Mon père leva la tête et dit d'un air hautain :

— Thérèse est une fille charmante. Je te prie de

parler d'elle avec ménagement et respect. Enfin, qu'est-ce que tu veux ? Que signifie cette comédie ?

Chose étonnante, il était calme et c'est moi qui devais donner le spectacle du désordre et de la colère. Il dit, une fois encore :

— Qu'est-ce que tu veux, mon garçon ?

Comme je ne répondais rien, il ajouta, souriant avec un mépris ironique :

— Tu vois bien que tu ne sais pas, toi-même, ce que tu veux. Tu es un enfant nerveux, peut-être même un enfant malade. C'est une chose à voir plus tard. En attendant, cette scène n'est pas seulement ridicule, elle est surtout inconvenante, elle est surtout immorale. Immorale, c'est le mot. Et maintenant que c'est fini, je vais enfoncer la porte ou fracturer la serrure.

— Père, dis-je en m'élançant, je te supplie de changer, de renoncer. Oh! tu sais bien ce que je veux dire. Nous voulons t'aimer encore et tu fais tout pour que ce soit impossible. Père, il faut que ça finisse.

J'étais tout près de lui. Je le regardais en face, mais je ne le touchais pas. Il se prit à sourire de manière bizarre.

— Vraiment, c'est jouer de malchance. Il y a déjà quelque temps que je n'ai plus d'histoires avec ta mère et voilà que, maintenant, ça recommence, avec les enfants.

— Père, ce ne sont pas des histoires! Promets-moi que c'est fini, père, ou bats-moi, tue-moi. Ça m'est égal.

Il fit rouler sa tête d'une épaule à l'autre.

— Tu, tu, tu! Je n'ai pas du tout l'intention de me mettre en colère et je ne vois pas pourquoi tu veux que je te batte. Tu m'ennuies, tu m'inquiètes et, si je peux dire, tu me déçois. Oui, c'est une vraie désillusion. Ce que tu fais, ce soir, ce n'est pas d'un garçon intelligent. Je suis vraiment désolé, mais je n'ai pas du tout l'intention de te battre. Je n'ai jamais battu personne.

— Oh! dis-je avec ressentiment, tu as bien battu maman.

Il écarta les bras dans un geste de stupéfaction.

— Allons! voilà le mélodrame. Qu'est-ce que c'est que cette invention! Je n'ai jamais battu ta mère. Je ne me le permettrais pas.

— Un matin, près du lit. Je récitais mon Virgile.

— C'est possible, murmura-t-il. Effectivement, je le regrette. Et, ce qui me fâche le plus, c'est que je ne me le rappelle pas. Ce n'est pas charitable à toi de me faire penser à des choses aussi pénibles. Ta mère est une femme admirable.

— Aie pitié d'elle, papa. Tu vois bien qu'elle est malheureuse.

Il glissa les mains dans ses poches et commença de marcher d'une muraille à l'autre.

— Je me demande, disait-il, comment tu peux avoir tant d'idées fausses sur la vie. Ce n'est pourtant pas nous qui te les avons données. Tu parles, comme un enfant, d'une foule de choses et même de gens dont tu ne sais à peu près rien. Tu parles aussi de ta mère d'une façon plus que romanesque et dont le moins qu'on puisse dire est qu'elle n'est pas élégante, qu'elle est même incorrecte. Je ne dis rien en ce qui me concerne. Nous y reviendrons plus tard, quand tu seras vraiment un homme. Plus tard, tu comprendras que les êtres de mon espèce ne sont pas plus mauvais que les autres et qu'ils font simplement un peu moins de singeries. De quoi te mêles-tu, mon garçon ? Est-ce que je provoque du scandale ? Est-ce que je suis un objet de honte ? Alors, à quoi penses-tu ? A l'argent ? Tout est possible. Sache, mon petit ami, que ces choses-là ne m'ont jamais coûté un sou. Pour ça, je suis irréprochable. Mais laissons tout ça de côté.

Je me sentais épuisé, balbutiant, à bout de ressources et tout près de fondre en larmes. Mon père se reprit à parler. Sa voix, petit à petit, prenait un accent pénétré, remontreur et sentencieux.

— Tu demandes que « ça finisse ». Mon ami, je vais y songer. Sois sûr que je ferai en sorte que tout s'arrange pour le mieux. Je vous ennuie le moins possible, tâchez de me traiter avec réciprocité. Ce que je peux te promettre, c'est d'être discret, invisible, de me comporter, enfin, comme un parfait gentleman, de m'arranger toujours pour sauver les apparences. Tu penses que c'est peu. Moi, j'affirme que c'est tout. Je tiens autant que toi à laisser ta mère en repos. Que dis-je ? Autant que toi ? Bien plus que toi, mon garçon.

Elle va rentrer, ta mère, et les choses pourraient se gâter par suite de ta maladresse. Tu risques de faire à ta mère une peine infinie. Je ne te le pardonnerais pas, car ta mère est une femme exceptionnelle. Elle mérite d'être traitée non seulement avec respect, mais avec vénération. Je ne connais pas de femme qui lui vienne à la cheville. Tu peux me croire, j'ai de l'expérience et je ne parle pas à tort et à travers. Et voilà, tu nous as mis tous deux, Laurent, dans une situation absurde. Il va falloir, maintenant, s'en tirer avec honneur. Je crois que c'est dans peu de jours le concert de ta sœur Cécile. Comment as-tu pu, mon cher, faire une pareille sottise à la veille d'un jour si grave pour l'avenir de ta sœur ? Tu vois, je suis tout à fait calme. Je ne te fais pas de reproches : à mon avis, tu es malade. Je suis seulement navré. Ta sœur Cécile est une artiste. Il faut l'entourer de prévenances. Quand on vit ensemble, il faut avoir, les uns pour les autres, de la considération et une certaine gentillesse.

Il parla quelque temps encore. Je l'écoutais, tête basse. Puis nous entendîmes un pas dans le vestibule. C'était le pas de Cécile. Papa lui cria gaiement :

— Veux-tu nous délivrer, Cécile ? nous sommes enfermés ici. Je ne sais pas ce qui s'est passé. Un coup de vent, ou je ne sais quoi. La clef est de ton côté, sur la porte de la salle à manger.

Cécile ouvrit la porte. Elle nous regardait, vaguement, comme des êtres d'un autre monde.

— Et maintenant, me dit mon père, descendons, Laurent, descendons ensemble chercher, dans le ruisseau ou quelque part ailleurs, cette clef que tu as eu le tort de jeter par la fenêtre, dans un mouvement de colère bien peu justifié. La colère, mon garçon, est une passion vulgaire.

Il m'entraîna dans la rue. Il faisait nuit et la chaussée était toute trempée de pluie, car l'été nous avait quittés. Des camelots passèrent en criant : « Prise de Tananarive ! La reine Ranavalo a signé le traité de paix. » Mon père acheta le journal. Puis nous trouvâmes la clef. En remontant l'escalier, papa dit aimablement : « C'est une nouvelle intéressante. »

Il se mit à parler de l'expansion coloniale.

CHAPITRE XX

Le concert de Cécile eut lieu deux ou trois jours
plus tard, par un clair dimanche d'automne.

Dès le petit matin, Cécile essaya sa robe qui était
légère, toute blanche, avec une ceinture de ruban
noir. La robe essayée, Cécile partit, au bras de père.
Ils devaient, avec Valdemar, passer chez M. Diétrich.
Ferdinand disparut aussi.

Mère cousait des agrafes à la robe de Cécile. Elle
était toute à son devoir et, ce jour-là, son devoir était
Cécile. Elle me lançait, pourtant, de minute en minute,
un coup d'œil attentif que je sentais passer sur moi.

Je n'avais pas mangé depuis plusieurs jours. J'étais
tout habillé, mais étendu sur mon lit et saisi d'une
grande lassitude. Maman cousait dans ma chambre,
non seulement parce qu'à son dire le jour y était meilleur, mais, je le sentais bien, pour me surveiller un
peu. Elle ne parlait pas. Elle n'était pas triste. Elle
pensait sûrement à nous, à Cécile, à moi, sans doute.
Ce visage tremblant, fourbu, c'était, désormais, son
visage de bonheur.

Et tout à coup, je l'appelai :

— Maman! Maman!

Elle répondit, tout bas. Elle avait l'air tranquille, mais je la connaissais bien et la devinais sur ses gardes.

— Qu'est-ce qu'il y a, mon enfant?

Je m'assis au bord du lit et dis avec passion :

— Maman! Maman, quittons-le!

Elle fit ce geste familier des couturières qui posent en hâte le dernier point avant de répondre. Elle étala sur ses genoux la belle robe de mousseline et dit en regardant le mur :

— Qui?

Si j'avais été de sang-froid, si j'avais été raisonnable ou même simplement reposé, j'aurais, à ce point du colloque, tourné court et répondu n'importe quoi. Mais je n'avais, ce jour-là, pitié ni de moi ni de personne.

— Mon père, criai-je. Quittons-le!

Maman repoussa du genou la chaise, la corbeille et la robe angélique. Elle me regarda longuement, longuement, sans ouvrir la bouche. Elle semblait se recueillir, rassembler toutes ses forces pour une épreuve redoutable.

— Quittons-le, maman! Quittons-le! Je travaillerai. J'abandonnerai mes études. Nous travaillerons ensemble. Je te promets d'avoir beaucoup de courage. Mais nous serons délivrés.

Mère se pencha vers moi, prit l'une de mes mains et commença de la caresser. Elle ne répondait pas. Elle avait le visage non pas troublé, mais seulement pâle et attentif.

— Nous serons délivrés, maman. Tu ne souffriras plus. Et nous te ferons une belle vie, la vie que tu mérites.

Maman secoua la tête imperceptiblement.

— Pauvre petit, murmurait-elle. Tu ne seras pas heureux avec ta manière de prendre les choses.

— Allons-nous-en, maman. Tu vois bien que nous le gênons.

Elle leva les sourcils avec une expression d'étonnement.

— Mais, qu'est-ce que tu dis, Laurent? Qu'est-ce que tu vas chercher Laurent? Comment une idée pareille peut-elle te venir à l'esprit? Quitter ton père, Laurent? Mais pourquoi? Je te le demande.

— Maman, il nous a trompés.

Elle eut une parole étonnante.

— Trompés? Que veux-tu dire? Qui a-t-il trompé? Il ne m'a jamais trompée: il m'a toujours tout dit ou tout laissé comprendre. Il ne sait même pas mentir: quand il essaie, je le sens; et il sait que je le sens et ça suffit.

— Oh! fis-je, saisi de fureur, si tu savais ce que j'ai vu...

— Tais-toi, souffla-t-elle très vite. Je t'affirme que je sais tout. Je ne sais pas à quoi tu penses, mais tu te trompes peut-être et il vaut mieux ne rien dire. Nous en aller, Laurent! Mais c'est une idée d'enfant. Où veux-tu que l'on s'en aille? Toute ma vie est ici, près de lui, près de vous. Qu'est-ce que nous ferions, seuls? Je ne parle pas de l'argent. Nous pouvons travailler. Mais, travailler ne suffit pas. Qu'est-ce que je ferais de moi? Tu dis que nous le gênons. Pauvre Laurent, tu ne comprends donc rien? Mais il nous aime, Laurent. Lui non plus ne peut pas se passer de nous. Et c'est comme ça, les familles. Il nous aime, à sa façon. Et même, il n'aime que nous. Le reste, ce sont des caprices. Il est encore jeune d'allure. Il imagine des choses. Tu parles de le quitter, Laurent! Mais si je venais à disparaître, si je n'étais pas derrière lui, avec une serviette, une flanelle et le baume de Fioraventi pour le frotter, mais peut-être bien qu'il mourrait tout de suite, avec toutes ses bronchites. Il ne peut plus se passer de moi, et voilà que tu me dis de le quitter. Et pour des misères qui finiront bien par disparaître avec l'âge. Ça ne peut pas durer toujours.

— Oh! fis-je avec ressentiment, s'il te respectait, au moins.

Mère jeta sur moi un regard effarouché.

— A quoi penses-tu, mon enfant? Ton père m'a toujours respectée, toujours traitée avec douceur.

Je restais bouche béante, si profondément étonné que je ne savais plus que dire. Maman tendit les bras et, malgré ma résistance, m'attira sur ses genoux. Elle me serrait contre elle et murmurait :

— Vous êtes ma vie. Que ferais-je de moi, sans vous tous ? Et voilà que tu m'obliges à dire tout haut des pensées qu'on n'ose pas se dire à soi-même. Parler de tout ça, Seigneur! à un enfant! Tu veux donc me rendre folle ?

— Mère, fis-je encore, il travaille, il devient savant et je pensais qu'il serait aussi meilleur. Maman, avoue que c'est terrible.

Elle remua doucement la chaise, comme pour me bercer.

— Mais, ce n'est pas la même histoire! Tu mêles tout, maintenant, les études et la conduite. Oui, je sais, quand j'avais ton âge, moi aussi je demandais l'impossible.

Toute résistance vaincue, je commençai de pleurer. Je disais, entre les sanglots :

— Je m'en irai! Je m'en irai!

— Oui, bien sûr, tu t'en iras, quand le moment sera venu. Bien sûr, vous vous en irez tous. En attendant, sois donc sage. Puisque, moi, j'ai pardonné, tu peux pardonner aussi, c'est la moindre des choses. A vous entendre, on pourrait croire que nous ne sommes pas une famille unie.

Elle attendit une seconde et répéta fortement :

— Nous sommes une famille unie! Seulement, quand on vit ensemble, il faut s'aider, se comprendre, il faut se faire des concessions mutuelles et savoir fermer les yeux. Oh! je ne te reproche rien. Mais reconnais, Laurent, que tu choisis précisément le jour où ta sœur Cécile doit jouer, devant tout le monde, ce concerto de Mozart qui lui a déjà coûté tant de travail.

— Maman, je n'ai pas choisi.

— Je l'espère bien, mon enfant. Pense à ta sœur Cécile et viens manger un peu. Voilà trois jours que tu ne manges rien. Après, tu verras plus clair. Je t'ai mis de côté une petite part de galette à la cocotte. Je pensais bien que tu avais besoin de prendre un petit quelque chose. Les enfants de ton âge ne se nourrissent pas de soucis. Allons, mon petit Laurent, tu oublieras tout cela. Si l'on n'oubliait pas, on ne pourrait pas vivre.

Elle m'emmena dans la cuisine et me fit avaler un morceau de galette et un bol de café au lait, ce qui m'humilia beaucoup. Tous mes chagrins, avec maman, se terminaient par des bonbons. Celui-ci, le plus cruel de tous, mon premier chagrin d'homme, devait-il s'achever sur une galette ?

Maman disait, fatiguée soudain :

— Un jour, je resterai seule, comme une vieille poule coriace. En attendant, ne me rendez pas la tâche trop difficile, surtout toi, Laurent, qui as tendance à compliquer tout, peut-être à cause de tous les livres que tu lis. Et maintenant que c'est fini, je retourne à mes agrafes.

Elle répéta soucieusement : « maintenant que c'est fini... »

Le reste de la matinée se passa dans les toilettes et autres préparatifs. Nous prîmes un repas froid. Cécile était fort belle et parfaitement tranquille. A cause de sa robe longue, elle me paraissait plus grande. Valdemar allait, venait, roulait sans cesse de l'un à l'autre logis. Il prodiguait des conseils que Cécile n'écoutait plus.

Justin Weill vint nous rejoindre, comme le déjeuner s'achevait. Il avait obtenu d'assister au concert. Il contemplait Cécile avec ces grands yeux humides que l'on voit aux gens de sa race. De temps en temps, il me tirait à part et me versait dans l'oreille des bribes de strophes enflammées :

Viens-tu du ciel profond ou sors-tu de l'abîme,
O beauté?

Quand Cécile se montra, définitivement parée, Justin fléchit le genou, en un geste charmant qui sentait un peu son théâtre, et il demanda la permission de lui baiser le bout des doigts.

Tous les hommes partirent ensemble pour prendre l'omnibus. Maman, Cécile et Mme Henningsen devaient nous suivre en fiacre.

Je revois une salle immense, éclairée de mille visages. Nous étions dans une loge, sur le côté du théâtre. Des hauteurs, tombait un brouhaha de conversations passionnées. Parfois, un léger papier plié en forme de flèche prenait son vol, traversait lentement l'espace et venait, aux applaudissements des galeries, atterrir sur la scène encombrée d'une légion de pupitres et d'instruments.

Les musiciens entrèrent. Je ne saurais dire aujourd'hui ce qu'ils jouèrent tout d'abord. Nous ne pensions qu'à Cécile et nous ne pouvions rien écouter de ce qui n'était pas Cécile.

Elle parut enfin. Elle était extraordinairement petite et je fus saisi de peur. Ce n'était pas la servante des Dieux, mais une mince et blanche fillette perdue parmi les habits noirs. A ce moment, une voix tombée du cintre cria distinctement : « Non! Assez de petits prodiges! » Il y eut une minute houleuse. Toute la salle offensée réclamait le silence. Je me sentis défaillir. La barque du clan Pasquier allait-elle faire naufrage, à peine sortie du port? Je sentais maman, près de moi, toute raide, toute concentrée. Je l'entendis, en rêve, répéter avec son fol entêtement : « Nous sommes une famille unie! » Et je pense qu'à cet instant, nous étions une famille unie, oui, merveilleusement unie dans l'épouvante.

Cécile me rassura. Comme elle était paisible et même indifférente! Le chef d'orchestre, un homme à barbe grise, lui tendit gracieusement la main. Elle vint sur le devant de la scène, s'assit et regarda la foule. Tous les musiciens applaudirent. La salle, entraînée, agitait des milliers de mains. Ce n'était plus le moment de défaillir, mais de vivre.

Le chef d'orchestre donna deux ou trois coups de sa baguette. Un large silence régna. Les musiciens partirent, puis tout à coup, j'entendis Cécile.

Qui parle de petit prodige? Qui donc ne voit, sur la scène, qu'une maigre fillette en blanc? C'est une femme, c'est une fée, c'est la musique, la musique sublime et familière, la musique enfin descendue parmi nous. Elle est libre, attentive, exacte. Elle est fidèle. Elle va, vient, vole, s'arrête, donne à chacun ce qu'il mérite, s'attriste avec le malheureux, s'enivre avec l'homme comblé. Puis, soudain, d'un coup de jarret, elle s'élance au ciel en soulevant tout le monde.

La foule, étonnée, rassurée, enfin conquise, éprouve délicieusement l'innocence de Mozart, cette innocence qui sait tout.

Parfois, Cécile s'arrête ; elle attend, dirait-on, que le peuple des musiciens la rejoigne et l'entoure encore. Elle promène sur la foule, sur ces milliers de visages baptisés, un regard fier et bienveillant, car la servante des Dieux sert aussi parfois les hommes.

Du fond de l'ombre oppressée, s'élève, petit à petit, un soupir de délivrance, un soupir de gratitude, comme en exhale l'âme humaine quand elle reconnaît l'un de ceux qui savent, pour une heure, pour une minute, la délivrer de son fardeau.

CHAPITRE XXI

Le lendemain nous trouva courbatus de gloire. De vieux devoirs nous arrachèrent pourtant du lit, exception faite pour Cécile qu'on laissa dormir, toutes persiennes closes.

Nous prîmes à tour de rôle notre café dans la cuisine. Père vint m'y rejoindre et me tendit une enveloppe.

— Une lettre pour toi, dit-il.

— De qui ?

— Mon ami, je n'en sais rien. Tu es un homme, après tout. Moi, je ne lis pas tes lettres.

Il retrouvait son sourire bleu éclair. Il était, de nouveau, et pour longtemps sans doute, lointain, sarcastique, insaisissable.

C'était une lettre de Joseph. Malgré l'envie qui me prit alors de la mettre en pièces, j'ai conservé cette feuille. Les hommes de mon état ont le goût de la collection ; cela compte, paraît-il, au nombre des vertus savantes. J'espère bien, dans mes récits, donner quelque place à Joseph, c'est pourquoi je prends la peine de recopier sa prose.

Mon cher Laurent, disait-il, *j'ai réfléchi aux conversations que nous avons eues pendant mon trop court séjour à Paris et j'en suis plutôt mécontent et même inquiet. J'ai su, d'autre part, grâce à mes renseignements personnels, que tu tourmentes notre mère par toutes sortes de mines, de façons, de sous-entendus, bref de simagrées. Bien que tu aies une tendance assez forte pour ton âge à te mêler des choses qui ne te regardent pas, je dois, en tant que frère aîné, te rappeler au respect de ce qu'il faut appeler l'esprit de famille, esprit bien honorable, même quand on est, comme je suis, un homme indépendant. Pour ce que j'ai dit de papa, je n'en aurais pas soufflé mot si j'avais pu penser que tu manquais de sang-froid au point où tu en manques. Je ne suis pas sentimental, fichtre non, mais, quand on doit vivre ensemble, il faut de la diplomatie, de la correction, du savoir-faire. Il faut glisser sur mille petites choses et ne pas voir des montagnes où il n'y a que des cailloux. Je me fais un devoir de revenir aussi sur ce que je t'ai déjà dit. Tu parles souvent d'observation, d'analyse et autres balivernes. Tâche donc d'apprendre simplement à regarder autour de toi. Sans ça, tu risques de passer toute ta vie pour un nigaud. Prends modèle sur moi qui ne fais pas le malin, mais qui vois tout, qui sais tout.*

Autre chose, maintenant. Il paraît que Cécile va jouer dans un concert. Je n'y vois pas d'inconvénient. Tâche de savoir un peu ce qu'on lui donnera pour ça. Cécile est une enfant et nos parents sont, en ce qui touche l'argent, d'une naïveté incroyable. On les roulera sans grand effort. Il y a bien Valdemar Henningsen, mais je n'ai aucune raison de lui accorder ma confiance. Il se peut que Cécile ait réellement du succès. Je ne demande pas mieux, dès que je serai de retour, que de m'occuper de ses affaires. J'en parlerai à papa. Mais, pour le concert en question, il faut tirer la chose au clair.

Veuille croire, mon cher Laurent, à mes sentiments distingués.

Joseph Pasquier.

Je mis la lettre dans ma poche. Je ne savais pas encore que je recevrais, par la suite, un grand nombre de lettres telles où Joseph me parlerait de ses renseignements personnels et de mes devoirs envers ma famille, où Joseph me prodiguerait les conseils et les ordres. Je ne connaissais pas encore fort bien les hommes de cette espèce admirable, les hommes qui voient tout, qui savent tout et qui, peut-être, ne comprennent rien à rien.

Quand je revins du lycée, vers la fin de la matinée, j'appris que Thérèse Segrédat était partie en voiture avec sa tante et sa sœur. Il n'y avait rien d'irrévocable encore, mais Thérèse devait faire une retraite et se préparer au noviciat.

J'allais m'abandonner à cette nouvelle tristesse quand Cécile m'entraîna dans la salle à manger. Là, toutes portes closes, elle me prit par le col et m'étreignit longtemps. Elle ne semblait pas lasse, ni tourmentée d'orgueil, et je crois bien que, de tout le jour, elle ne fit pas, d'un seul mot, allusion à son succès ; mais elle avait, dans le regard, cette lueur bleue, cette lueur de glace étincelante qui est sans doute notre signe et que mon père nous montrait quand il allait céder à quelque mouvement furieux.

— Voilà, murmura-t-elle, que nous sommes trop grands pour nous cacher sous la table. C'est dommage, Laurent. Mettons-nous devant le piano et, si l'on vient nous déranger, je jouerai quelque chose pour qu'on nous laisse tranquilles.

Elle s'assit devant le piano. Avec ses deux grosses nattes, son châle blanc noué sous la gorge, ses longues mains effarouchées, elle était vraiment très belle et je ne pouvais la regarder sans bonheur. Elle s'assit devant le piano, son seul jouet depuis des années, son compagnon, son bourreau. Elle jetait, de temps en temps, sur le clavier, une note, une phrase, un accord, quelque arpège impalpable. Elle hésitait à parler. Et, soudain, sans me regarder :

— Il m'arrive une chose, Laurent, une chose terrible.

— Qu'est-ce que c'est ? fis-je, étonné.

— Je ne peux le dire à personne, sauf à toi, qui es mon vrai frère, mon ami, mon bon ami.

Elle joua distinctement toute une phrase de Bach

et soudain, se tourna, s'appuya contre mon épaule et dit :

— Laurent, je suis amoureuse.

Je crois qu'elle pleurait un peu.

— Sœur, dis-je avec un très sincère désespoir, sœur, ce n'est pas possible. Toi, la dernière, toi la seule! Oui, tu es la seule pure. Je ne vois plus que toi au monde. Oh! Cécile, il ne faut pas. Je ne peux rien te dire, mais si tu savais ce que je sais maintenant ; si tu comprenais seulement ce que c'est que la passion, je suis sûr, Cécile, que tu serais effrayée.

Elle sourit d'un œil.

— Mais, Laurent, je suis effrayée. Et c'est justement pour ça que je me confie à toi. Écoute! on a remué la porte.

— Oui, c'est peut-être maman. Si nous voulons être tranquilles, Cécile, fais semblant de travailler, et nous parlerons doucement, à l'abri de la musique.

Cécile commença de jouer. J'étais assis près d'elle. Nous causions à voix basse et le piano, parfois, trahissait notre émotion.

— C'est d'autant plus grave, dis-je, que j'ai bien des raisons de penser qu'il t'aime aussi.

Elle fit un beau sforzando.

— Crois-tu ? Je suis si petite.

— Mais, ma pauvre Cécile, vous êtes tous deux des enfants. On ne marie pas des enfants.

— Oh! dit-elle, nous vieillirons.

— Enfin, repris-je gravement, as-tu pensé qu'il est juif ?

Un point d'orgue imprévu suivit cette question. Puis le piano repartit.

— Tu es fou! disait Cécile. Valdemar n'est pas juif.

— Comment cela ? Valdemar ? Mais... alors... Non, Valdemar c'est encore plus impossible.

— Que vois-tu d'impossible ?

Cécile acheva finement un long trait de sextolets, comme pour me prouver qu'à ses yeux très peu de choses étaient tout à fait impossibles. Puis elle quitta le clavier et me reprit par le cou.

— Tu vois, disais-je, ce n'est que le commencement, et tu es déjà malheureuse.

Elle secoua la tête, m'offrit son plus beau regard, sourit mystérieusement et dit, cherchant les mots parmi ses souvenirs :

— Je suis heureuse, mais je suis triste.

CHAPITRE XXII

RÉFLEXIONS A LA CHUTE DU JOUR.

Tête nue, les mains aux poches, un enfant de quinze ans rôde, à la chute du jour, dans les allées du Jardin. Le soir d'automne est sans grâce. Des nuages couleur de boue se pourchassent à travers l'étendue. Ils perdent en courant quelques gouttes de morne pluie. Parfois, des ménageries assoupies derrière les grilles, arrive, dans un pli du vent, l'inquiétant fumet des bêtes. Des feuilles d'arbres, consumées par la saison dévorante, se soulèvent au moindre souffle et filent comme des rats.

Les pensées du garçon traînent au ras du sol. Que l'esprit les invite, elles retombent aussitôt, honteuses, épuisées.

Le garçon, de temps en temps, s'arrête, frappe du pied, serre les poings au fond de ses poches. Une douleur aiguë le défigure un instant.

« Tout est gâché. Tout est perdu. Le monde entier est aussi dégoûtant, aussi lâche, aussi impur, oui, c'est le mot, aussi impur que moi-même. Je n'étais pas fier de moi. Mais si les autres s'en mêlent, alors, on ne peut plus vivre. Terrible à penser. J'acceptais bien d'être impur, mais à la condition d'être seul... de mon espèce. Et voilà que le monde entier est saisi de frénésie, de saleté, de dégoûtation. Voilà que le monde entier se roule dans la bouillasse.

« Je suis un triste sire et, en outre, je ne suis pas malin. Ils me l'ont tous dit, et chacun à leur manière. Papa d'abord, et maman, et même Joseph, et peut-être même Cécile. Ceux qui ne me l'ont pas dit ont bien raison de le penser, car c'est parfaitement vrai.

« Par leur faute à tous, que suis-je devenu, mon Dieu ! Un espion, un mouchard, un écouteur-aux-portes. Moi qui ne voulais que le bien !

« Comme je suis un pauvre niais, tout le monde s'est moqué de moi. Voilà le plus clair, à coup sûr. Ils m'ont tous plus ou moins dupé. Je ne mérite pas autre chose.

« Je n'ouvrirai plus la bouche. Je ne dirai plus un mot. On ne remue pas le bout du petit doigt sans faire du mal à quelqu'un " Tu veux donc tuer ta mère ? Tu veux donc gâcher l'avenir de ta sœur ? Tu veux faire souffrir ton frère ? " Mais je ne veux que la paix, je ne veux, grand Dieu ! que la joie, je ne veux que l'harmonie, et c'est moi qu'on accuse de jeter le trouble partout. C'est moi, somme toute, que l'on fait chanter, car c'est un énorme chantage, car, cette vie en commun, c'est un perpétuel chantage. Ils n'ont, les uns et les autres, qu'une pensée, qu'un désir : réduire à l'impuissance tous ceux qui pourraient les empêcher de faire ce qu'ils veulent faire. C'est un énorme chantage et c'est un énorme mensonge. Ils disent tous : " fermer les yeux " ou quelque chose d'approchant, et ça signifie : mentir. Nous vivons sur le mensonge. Voilà, nous allons désormais vivre, le sourire aux lèvres, sur un perpétuel mensonge.

« Est-il possible qu'elle aussi... Mon Dieu ! Elle qui ne ment jamais, est-il possible qu'elle supporte, qu'elle souhaite, qu'elle appelle le mensonge ?

« Est-ce donc ça, une famille ? Des duperies, des trahisons, des querelles, des chantages et des mensonges ! Cela vaut-il vraiment tant d'amour, tant de peines, tant de travail, tant d'angoisses ? Car ils ont beaucoup travaillé, car ils ont beaucoup souffert, car elle nous a donné, car elle nous donne beaucoup d'amour. Et même lui, et même lui...

« Que ferait-on de tant d'amour, que ferait-on de tout l'amour et de toute la tendresse et de tout le travail du monde, s'il n'y avait pas toutes les familles du monde pour s'en repaître et au besoin pour en crever! C'est probablement ainsi. La famille est un monstre inventé pour dévorer tout l'excès d'amour du monde.

« Je sais bien, il y a Cécile.

« Cécile est une folle!

« Cécile partira de nous. Elle est désignée, la première. Qui sait s'il y en aura d'autres? Nous, nous allons rester attachés à de petites besognes, des besognes au ras du sol. Nous, nous ne servons pas les Dieux. Nous, si nous devons monter, ce sera seulement marche à marche. Nous, nous ne serons pas enlevés au ciel par un aigle. Mais nous, qui est-ce donc? C'est moi, moi Laurent, qui, dans le fond de mon cœur, ai formé le projet d'être, un jour futur, un savant.

« Eh bien, ça non plus n'est pas pur. Il y a, même là-dedans, quelque chose qui sent mauvais. Vraiment, est-ce que tous ces gens qui parlent, dans les banquets, sur l'avenir de la science, sur l'amélioration de l'humanité par la science, vraiment, est-ce qu'ils vont tous, de cinq à sept, dans leur petite rue de Fleurus? Est-ce qu'ils trompent leurs enfants, est-ce qu'ils désespèrent leur femme, est-ce qu'ils discourent, le soir, sur les beautés de la science dans certaines maisons dont le nom est décidément impossible à prononcer? Ou bien, est-ce que je confonds tout?

« Je travaillerai, bien sûr. Mais on m'a, pour long-temps, gâté l'eau de ma fontaine. On m'a, pour long-temps, sali tout ce que j'aimais au monde.

« Qu'est-ce qui reste?

« Maman, quand même.

« Qu'est-ce qui reste? La tristesse. Mais ce qu'il y a de plus triste, c'est que la tristesse elle-même, elle n'est pas assez fidèle. Certains jours, elle s'évapore. On ne peut pas compter sur elle.

« Qu'est-ce qui reste? L'amitié. Assurément, l'amitié.

« Qu'est-ce qui reste? La musique. La musique! Et c'est tout et c'est assez, comme dit mon futur beau-frère. »

Le garçon se met à sourire. Il s'arrête et rêve un moment. Les gros nuages, désemparés, vont bientôt faire naufrage. Maintenant, c'est la pluie. De temps en temps, les bêtes captives, là-bas, du fond de leur cage, envoient vers le ciel parisien un rugissement désolé.

Soudain, le garçon sursaute. On vient de lui toucher l'épaule. C'est un gardien à capuchon dont on ne voit que la barbichette. Il dit :

— On ferme! Voyons! On ferme! Vous êtes sourd, ma parole! Et le tambour? Vous n'avez pas entendu le tambour? Non, non! Ne partez pas par là.

— C'est que je vais rue Guy-de-la-Brosse.

— Tant pis, mon ami, tant pis! Faut sortir place Valhubert. Vous tournerez tout autour du jardin. Ça vous fera réfléchir. Ça vous fera le caractère.

Le garçon prend son élan. Non! Il ne veut plus rien entendre. Est-ce que le gardien aussi va lui faire la morale? Est-ce que le gardien aussi va lui donner des leçons? Il rentrera rue Guy-de-la-Brosse. Il couchera dans sa niche, il mangera sa pâtée, il fera toute sa besogne, il sera sage, comme les autres, c'est-à-dire lâche et menteur. Mais, pour l'instant, du moins, pour cette minute du moins, la paix! oui, la paix et le silence! La solitude et la pluie sur le visage. Sans ça, eh bien, on ne sait pas.

brement des malheurs imaginables et prélude au
sommeil.

DU MÊME AUTEUR

NOUVELLES DU SOMBRE EMPIRE.
ISRAËL, CLEF DE L'ORIENT.
TRAVAIL, Ô MON SEUL REPOS.

VIE ET AVENTURES DE SALAVIN

CHRONIQUE DES PASQUIER

LUMIÈRES SUR MA VIE

Critique

LES POÈTES ET LA POÉSIE.
PAUL CLAUDEL, *suivi de* PROPOS CRITIQUES.
REMARQUES SUR LES MÉMOIRES IMAGINAIRES.
LES CONFESSIONS SANS PÉNITENCE.

Théâtre

LA LUMIÈRE.
LE COMBAT.
DANS L'OMBRE DES STATUES.
L'ŒUVRE DES ATHLÈTES.
LA JOURNÉE DES AVEUX.

Poésie

COMPAGNONS.
ÉLÉGIES.

Impression Bussière à Saint-Amand (Cher),
le 8 mars 1984.
Dépôt légal : mars 1984.
1ᵉʳ dépôt légal dans la collection : septembre 1972.
Numéro d'imprimeur : 735.

ISBN 2-07-036194-2./Imprimé en France.
Précédemment publié par le Mercure de France.
ISBN 2-7152-0193-1.

33442